A lenda do tesouro farroupilha
© Luís Dill, 2009

GERENTE EDITORIAL: Claudia Morales
EDITOR: Fabricio Waltrick
EDITORA-ASSISTENTE: Malu Rangel
PREPARAÇÃO E REDAÇÃO: Malu Rangel e Rodrigo Petronio
COORDENADORA DE REVISÃO: Ivany Picasso Batista
REVISORES: Cláudia Cantarin, Bárbara Borges

ARTE
PROJETO GRÁFICO: Mabuya Design
EDITOR: Vinicius Rossignol Felipe
DIAGRAMADORA: Thatiana Kalaes
EDITORAÇÃO ELETRÔNICA: Luiz Henrique Dominguez

CIP-BRASIL. CATALOGAÇÃO NA FONTE
SINDICATO NACIONAL DOS EDITORES DE LIVROS, RJ

D572l

Dill, Luís, 1965-
   A lenda do tesouro farroupilha / Luís Dill ; ilustrações Fernando Peque e Jeffferson Costa. - 1.ed. - São Paulo : Ática, 2009.
   136p. : il. -(Os Caça-Mistérios. Olho no Lance)

  Apêndice
  Anexo: Cartão decodificador
  ISBN 978-85-08-12778-8

  1. Literatura juvenil. I. Peque, Fernando; Costa, Jefferson. II. Título. III. Série.

09-6029.
                        CDD: 028.5
                        CDU: 087.5

ISBN 978 85 08 12778-8 (aluno)
ISBN 978 85 08 12779-5 (professor)
Código da obra CL 736681
CAE: 249936

2022
1ª edição
10ª impressão
Impressão e acabamento: Bercrom Gráfica e Editora

Todos os direitos reservados pela Editora Ática, 2010
Avenida das Nações Unidas, 7221 – CEP 05425-902 – São Paulo, SP
Atendimento ao cliente: 4003-3061 – atendimento@atica.com.br
www.atica.com.br

IMPORTANTE: Ao comprar um livro, você remunera e reconhece o trabalho do autor e o de muitos outros profissionais envolvidos na produção editorial e na comercialização das obras: editores, revisores, diagramadores, ilustradores, gráficos, divulgadores, distribuidores, livreiros, entre outros. Ajude-nos a combater a cópia ilegal! Ela gera desemprego, prejudica a difusão da cultura e encarece os livros que você compra.

LUÍS DILL

A LENDA DO TESOURO FARROUPILHA

ILUSTRAÇÕES
**JEFFERSON COSTA E
FERNANDO PEQUE**

editora ática

QUEM SÃO  OS CAÇA-MISTÉRIOS

Arachane

Nome completo: Arachane Santos dos Santos

Idade: 12, mas não espalha, tá?

Uma qualidade: Gosto de conhecer pessoas, sou curiosa, gosto de desafios e adoro falar muito, e acho que isso é uma das minhas maiores qualidades, porque quem fala se comunica, mas, claro, tem gente que acha que falar demais é um defeito. Eu não acho.

Um defeito: Como dizem minha mãe e minha irmã sou meio impulsiva, sabe que eu gosto dessa palavra? Impulsiva. Parece até uma coisa boa, mas elas acham que não. Fazer o quê?

Meu passatempo favorito: Conversar com meus amigos, fazer novos amigos, essas coisas.

Meu maior sonho: Ser modelo, mas ainda não sei se vou ser bem alta e magra. Bonita, todo mundo diz que sou. Elogiam muito meus olhos. São azuis.

Um pouco da minha vida: Moro com minha mãe e com minha irmã, a Iara, uma chatonilda de marca maior, mas isso é uma longa história, outra hora eu conto. Meus pais são separados. Meu pai mora em Rosário do Sul, no interior do Rio Grande do Sul. Casou de novo e vai ser pai mais uma vez. Um gurizinho. Tô ajudando meu pai a escolher um nome bem bonito. Ele gosta de nomes indígenas. Me disse que Arachane é o nome da tribo dos índios que moravam junto da laguna dos Patos. Meu irmãozinho deve nascer logo, mas minha mãe não gosta muito de falar sobre isso.

Uma qualidade: Sou destemido, aventureiro, encaro o que vier, não tenho medo de nada, nasci para ser um herói.

Um defeito: Não gosto muito de estudar... Mas prefiro não falar sobre isso, ok?

Meu passatempo favorito: Assistir aos filmes do Bruce Willis, mas os filmes de ação, porque eu não gosto de filme muito paradão, que não acontece nada, não tem brigas, perseguições de carro, explosões, tiroteios, bandidos mal-encarados. Ah, eu também gosto desses jogos de liga-ponto. Isso não precisa espalhar, aliás, depois tu corta isso, ok?

Meu maior sonho: Entrar para a Polícia Federal.

Um pouco da minha vida: Meus pais têm um restaurante vegetariano, mas não são vegetarianos. Eu odeio comida vegetariana. Meu prato predileto é um bom x-bacon ou então um churrasco. Eles até tentaram me fazer comer coisas mais naturais, mais nutritivas, só que eu vivia comendo porcarias escondido e eles acabaram relaxando. Ajudo eles com o restaurante, mas agora estou de férias. Tenho um irmão. Ele tá nos Estados Unidos. Clandestino. Trabalha num restaurante. Acho que é mal de família.

Breno

Nome completo: Breno Armando Siqueira Wolffenbüttel

Idade: 13, e pode espalhar, principalmente pras gurias, ok?

Uma qualidade: Sou muito observador.

Um defeito: Sou perfeccionista demais, tenho que aprender a relaxar, como diz meu pai.

Meu passatempo favorito: Filmar. Não me separo da minha câmera. Só pra tomar banho e olhe lá.

Meu maior sonho: Me tornar um cineasta bem famoso.

Um pouco da minha vida: Meu pai é bancário e minha mãe é professora de história. Estão sempre economizando, pois o sonho deles é se mudar para a zona sul da cidade. Já compraram até o terreno. Agora querem construir uma casa. Eu prefiro morar no centro. Aqui tem movimento, é onde as coisas acontecem.

Américo

Nome completo: Américo Antunes Albertini

Idade: 12

FIQUE LIGADO!

Quem será que vai descobrir onde está enterrado o tesouro farroupilha?

Prepare-se para participar de uma aventura cheia de ação e solucionar os enigmas junto com os Caça-Mistérios.

No decorrer da história, vão aparecer perguntas que você deverá responder usando seu conhecimento, sua inteligência e sua intuição. Às vezes, as pistas estão nas ilustrações; outras vezes você deve usar o raciocínio. E ainda há casos em que, para chegar às respostas, é preciso ter boa memória. Por isso, vale a pena ler o livro com atenção.

No envelope anexo à capa, você encontrará um decodificador. Você deve colocá-lo sobre o texto oculto na superfície vermelha da página para conseguir ler a resposta.

MAS ATENÇÃO! Você deve primeiro tentar responder só usando a cabeça, sem precisar do decodificador. Depois de dar sua resposta, coloque o decodificador na superfície vermelha para conferir se acertou ou não. Se acertar, marque um ponto na sua Ficha de Detetive, que está na página 126.

Os Caça-Mistérios contam com a sua ajuda para resolver o mistério de *A lenda do tesouro farroupilha*. Bom divertimento na leitura do livro — e na resolução dos enigmas!

SUMÁRIO

1. As botas do gigante — 11

> Além de ser curiosa, eu adoro fazer novos amigos. Vou perguntar para a moça por que ela está chorando.

2. Um mapa do tesouro? — 21

3. Um estalo — 30

4. Encontro inesperado — 35

5. Surge mais um oponente — 44

6. Peter e Günter — 56

> Se esses pirralhos acham que vão atrapalhar nossos planos, estão muito enganados!

7. Mais uma resposta   **65**

8. Redenção   **75**

9. De cara no asfalto   **85**

10. O mapa do tesouro   **101**

11. Tiros na tarde ventosa   **114**

Curiosidades sobre Porto Alegre e sobre a cultura gaúcha   **129**

AS BOTAS DO GIGANTE

Quando Breno Armando Siqueira Wolffenbüttel apareceu na sala central do museu Júlio de Castilhos provocou arrepios em seus dois amigos. Arachane achou que ele estivesse com alguma doença grave ou, no mínimo, com piolho. Já Américo concluiu que o colega estava passando por um momento psicologicamente difícil. "Breno finalmente pirou de vez", pensou acionando o botão vermelho de sua câmera de vídeo. *Rec*. Começou a gravá-lo se aproximar. Vestia calça de camuflagem e camiseta verde-oliva (como se fosse o protótipo de um soldado de 13 anos). Caminhava com os braços afastados do corpo robusto para a idade, passos determinados espirrando pegadas sonoras dos coturnos bem lustrados sobre o assoalho de madeira, sorriso no canto da boca e a cabeça completamente raspada.

Parou diante dos dois amigos boquiabertos e fez uma continência impecável.

— Ai, meus santos... — balbuciou Arachane, incrédula.

— Caramba... — Américo espantou-se com a figura à sua frente, em *close*. Na cabeça pelada e branca os olhos pareciam duas pedras de fogo verde.

Breno sorriu e passou as mãos sobre a novidade:

— E aí? O que acharam? Não falei que eu ia aparecer aqui com uma novidade?

Américo desligou a câmera. Cutucou a amiga com o cotovelo. Ela que dissesse algo.

— Uma coisa é aparecer aqui com uma novidade, outra coisa é aparecer aqui pra nos assustar! — A loirinha, sempre muito sincera, não o poupou. — Tu tinha um cabelo loiro tão bonito... Por que foi fazer isso?

— É verão — respondeu com sua habitual simplicidade. — O cabelo me deixava com mais calor ainda.

— Mas por que não passou uma máquina? — ela insistiu.

— Passei — afirmou ainda massageando a recente careca.

— Máquina três ou máquina dois, Breno! Não máquina zero!

O jovem guerreiro olhou para Américo. Ergueu e baixou as sobrancelhas perguntando o que o amigo havia achado.

— Radical... — falou, de forma evasiva. A palavra podia ser compreendida de pelo menos duas maneiras. Radical = legal, beleza, maneiro. Radical = pô, cara, por que foi fazer isso?

Breno deu um passo atrás, rodopiou sobre si mesmo e abriu os braços.

— E aí? Fiquei parecido com quem?

Arachane foi categórica:

— Parecido com um maluco.

— Que nada. E aí, fiquei parecido com quem, Palito? — O apelido tinha uma explicação plausível. O nome completo de Américo era Américo Antunes Albertini. Três "as", como a pilha palito. Palito também podia ser relacionado à magreza do guri. — Vai, fala.

— Ééé... Tá parecido com o... — Coçou os cabelos castanhos à procura da resposta adequada. — ... com o... com o... Lex Luthor?

Arachane segurou a risada, afinal estavam em um museu.

— Não, cara. Com meu ídolo, ok? Não acham que fiquei parecido com meu ídolo?

Os outros dois se entreolharam: quem era mesmo o ídolo dele?

— Pô, gente. Bruce Willis!

Américo e Arachane mediram o amigo, lembraram do ator norte-americano, se olharam e tiveram de abafar a risada com as mãos.

— Ah, qualé, gente. Fiquei bem parecido. Ele só é um pouco mais alto e mais velho do que eu, ok?

— E fala inglês — Arachane completou.

— *The book is on the table* — Breno arriscou mostrando os polegares aos amigos.

Em 1903, o então presidente do Rio Grande do Sul, Borges de Medeiros, assinou decreto criando o museu do Estado para abrigar um acervo que, até então, não possuía local apropriado. Em 1905, o elegante casarão em estilo neoclássico do ex-presidente do Estado e líder positivista, Júlio de Castilhos, se tornou sede da instituição. Dois anos mais tarde, o museu passou a se chamar Júlio de Castilhos. Localizado na rua Duque de Caxias, bem no centro de Porto Alegre, o casarão revestido em arenito vermelho ganhou fama de mal-assombrado por causa das mortes trágicas de seus donos. Júlio de Castilhos morreu nos aposentos da mansão após uma cirurgia malsucedida. A esposa dele, Honorina, cometeu suicídio na mesma casa dois anos após a perda do marido. Depois de algumas reformas e com o objetivo de ampliar o espaço para o acervo, a casa vizinha foi adquirida e incorporada ao museu.

Arachane, Breno e Américo circulavam pela sala dedicada à Revolução Farroupilha. A exposição permanente exibia objetos do líder Bento Gonçalves, além de armas, fardas e pinturas retratando a revolta. As telas chamaram a atenção de Arachane:

— Olha só que lindo este quadro aqui, pessoal. — Apontou para o óleo sobre tela de Luis Cúria. — Ponte da Azenha — ela leu na placa explicativa. — Porto Alegre devia ser um lugar lindo há alguns séculos, uma cidade menor, mais calma...

— Ih, nem me fala — Américo se queixou.

— Por quê, Palito? — Breno quis saber.

— Meus pais continuam com essa vontade maluca de construir uma casa na zona sul, o lugar parece uma cidade do interior, não deve acontecer nada lá.

— Pô, deixa de ser bobo, Américo! — Arachane rebateu. — Aposto que é um lugar lindo, cheio de verde, de natureza, de paz, de ar puro, bem diferente daqui do centro, desse monte de prédios, de carros, de motoqueiros, parece até um formigueiro de gente.

— Vou filmar o que lá? O dia a dia das vacas?

Riram.

— Olha só isso! — Breno chamou os amigos para junto da vitrine onde estavam sendo exibidas algumas armas do século XIX. — Não devia ser fácil lutar naquela época. Sem metralhadoras, sem infravermelho, sem laser, sem bazucas... Só essas espadas... espadins...

— Ai, Breno, tu só pensa nessas coisas — Arachane se queixou. — Nem olhou para as pinturas, para as roupas antigas. E outra: tem mais lugares bem legais no museu, uma sala indígena, uma sala missioneira, com peças muuuito show.

— Meu pai falou que tem uns canhões por aqui. — Breno olhou em volta.

— Depois, depois, Bruce Willis dos pobres — interveio Américo. — Convidei vocês pra virem aqui comigo por outro motivo. Nada de quadros, roupas, armas ou canhões. Uma coisa muito mais misteriosa.

— Misteriosa? — Arachane gostou antes mesmo de saber do que se tratava. Ela adorava uma aventura.

— Mistério é comigo mesmo! — Breno garantiu, passando a mão sobre a careca.

— Venham. — Américo começou a guiá-los pelo interior do museu.

Arachane não se conteve e passou as mãos pela cabeça de Breno:

— Ui, que estranho. Teus pais já viram o que tu fez?

— Ãh... não.

— Ai, meus santos... Acho que alguém vai ficar de castigo — ela especulou.

— Só não entendi uma coisa. — Américo estava curioso. — Onde tu rapou a cabeça?

— No barbeiro, ok? Que pergunta, Palito.

— Tá, no barbeiro, tudo bem, mas ele não achou estranho, não te fez nenhuma pergunta?

— Se eu fosse o barbeiro — Arachane atravessou a conversa dos dois —, eu teria pedido autorização por escrito dos pais pra fazer uma barbaridade dessas.

Começaram a descer a escada cinzenta para o térreo. Breno riu:

— O freguês tem sempre razão. Já ouviram falar disso? Entrei na barbearia, sentei e pedi: rapa! O velhinho não falou nada. Só colocou aquele pano em volta do meu pescoço, passou a máquina e depois fez os arremates com navalha, um troço muito tri.

— Eu pagava pra ver a cara da tua mãe na hora que ela te encontrar. — Arachane sorriu ao imaginar a mãe de Breno arrastando-o pelo braço para dentro de uma loja de perucas.

— Ela tá no restaurante, depois eu passo lá e mostro meu novo visual, ok?

Américo ligou sua câmera — *rec* — e apontou-a para uma vitrine. Anunciou:

— Senhoras e senhores, aqui está o motivo de nossa visita ao museu Júlio de Castilhos nesta tarde quente de sábado, em pleno mês de janeiro em Porto Alegre. Apresento a vocês... as botas do gigante!

Atrás do vidro, lá estavam elas. Eram feitas de couro marrom e eram enormes, um tanto cômicas. A câmera flagrou Arachane e Breno boquiabertos diante do incomum calçado.

— Acho que eu entro inteirinha dentro de uma dessas botas — ela constatou meio horrorizada.

— Isso não pode ser de verdade... — Breno praticamente espremeu o nariz contra o vidro.

Américo desligou a câmera e sacou do bolso traseiro da bermuda uma folha de papel sobre a qual imprimira as informações que gostaria de passar aos amigos.

— Escutem. Essas botas eram de um cara chamado Francisco Ângelo Guerreiro, que era conhecido como Gigante. Ele nasceu aqui no Rio Grande do Sul em 1892. De acordo com a minha pesquisa, ele media 2 metros e 17,6 cm de altura. O pé do cara era 56. Ouviram? 56!

A empolgação dos três era tão evidente que nem sequer perceberam a placa acrílica ao lado da vitrine. Ali havia até a foto de Francisco, um sujeito de traços indígenas e rosto de expressão doce.

— Ai, meus santos...

— 56... — Breno repetiu enquanto fazia uma rápida comparação entre as botas e os seus coturnos.

— Tem mais, pessoal — Américo prosseguiu. — O Gigante fez parte do circo Sarrazani e era exibido, vejam só, em uma jaula! As pessoas tinham que pagar mil réis pra ver o Gigante. Aqui diz que ele foi apresentado até no Rio de Janeiro, no teatro Politeana. Agora vem a parte mais misteriosa: o

Gigante morreu em 1926, no Rio. Ninguém sabe ao certo como. Uns dizem que foi por causa de tuberculose... outros dizem que ele foi assassinado! — Fez uma pausa e examinou o efeito de suas palavras sobre os amigos. Eles estavam pasmos. Finalizou: — Há quem diga que o Gigante foi morto porque ficou furioso com as condições humilhantes com que era tratado.

Os três ficaram observando as botas do gigante em silêncio.

No pátio dos fundos do museu Júlio de Castilhos.

Arachane e Américo davam uma boa inspecionada na casinha de madeira dos gatos, atrás de um enorme e frondoso butiazeiro. Ficaram impressionados com as acomodações dos felinos: havia potes com água, com ração, caixas de papelão... Um verdadeiro hotel, digno das melhores veterinárias e *pet shops*. Caminharam até o outro lado e sentaram em um degrau do muro à sombra do abacateiro. Breno, deliciado, explorava cada contorno dos canhões da esquadra de Giuseppe Garibaldi espalhados pela área. Tentava imaginar o estrago que fizeram durante os combates da Revolução Farroupilha.

VOCÊ SABIA?

A Revolução Farroupilha, também conhecida como Guerra dos Farrapos, eclodiu na então província do Rio Grande do Sul e durou dez anos, de 1835 a 1845. Foi uma revolta organizada pelos ricos fazendeiros gaúchos, criadores de gado da região. Seus interesses econômicos estavam entre as principais causas do movimento. E um dos principais objetivos era se separar politicamente do Brasil.

Um casal de turistas experimentava suas câmeras digitais, uma mulher de vestido vermelho lia sentada em um dos bancos de pedra com assento de madeira e um homem de paletó claro e chapéu-panamá branco circulava sem demonstrar muito interesse em coisa alguma. Além do público, meia dúzia de gatos, das mais variadas cores, cochilava nas sombras disponíveis. A temperatura beirava os 30 graus.

— Ele tá amando — Arachane observou, apontando para Breno.

— É verdade. O nosso Bruce Willis adora essas coisas de guerra. Mas e aí? O que acha da minha ideia?

— Fazer um filmezinho sobre o Gigante?

— Filmezinho não, Chane. Curta-metragem.

— Ah é, isso mesmo, curta-metragem, tu sabe, né? Não sou muito entendida em cinema, mas acho muuuito show a ideia. Só não sei como fazer.

— Tu quer dizer... produzir?

— Isso, isso. Por exemplo: quem vai ser o Gigante?

— O Breno, lógico.

Ela olhou para o amigo, que espiava o interior do cano de um dos canhões.

— Tá certo que o Breno é um ano mais velho do que a gente, tá certo que ele é maior do que a gente, mas não dá pra dizer que ele é alto, não pra ser o Gigante.

Américo estalou os dedos:

— Já pensei nisso. É só ele usar umas pernas de pau. Claro, ele vai precisar treinar um pouco, nós vamos precisar fazer uma calça bem comprida pra ele, a gente também vai precisar escrever o roteiro, arrumar uma jaula, um circo, fazer botas parecidas com as do Gigante, conseguir mais gente pra fazer figuração, escolher umas locações bem bacanas para as gravações, ah, sim, vamos precisar de microfones, de iluminação, de uma boa mesa de edição pra montar o curta e arrumar uma grana pra tudo isso.

— Ui, só de te ouvir já cansei, Palito. Não dá pra inventar um filmezinho, quer dizer, um curta-metragem, mais simplezinho pra gente fazer nessas férias?

O futuro cineasta segurou o queixo com a mão, pensou a respeito.

— Bom, a gente pode fazer umas adaptações, reduzir o número de cenários, de atores...

— Olha lá, Palito. — Apontou com o dedo para uma mulher sentada em um dos bancos de pedra. Tinha uns cinquenta e poucos anos e estava cercada de gatos. — Ela poderia ser a mãe do Gigante. Aí a gente mostra ela falando com o Breno que faz o papel do Gigante com... tipo... dois anos e já daquele tamanho. O que tu acha?

Américo ligou a câmera — *rec* — e pressionou o botão do *zoom in* enquadrando a mulher.

— É, ela poderia ser a mãe do Gigante, a ideia não é ruim.

Arachane inclinou-se sobre o visor do equipamento.

— O que que ela tem nas mãos? Dá pra chegar um pouco mais perto?

Américo voltou a pressionar o *zoom in*.

— Parece um livro — cochichou, como se o recurso do equipamento tivesse aproximado eles de verdade, a ponto de a mulher poder escutá-los.

— Não, não — a loirinha também começou a cochichar. — Olha agora que tá bem pertinho. É um papel. Deve ser uma carta. Ih, olha só a cara dela, parece tão triste...

Nesse momento a imagem foi obstruída. Os dois ergueram a cabeça e viram o homem de paletó claro e chapéu-panamá branco caminhar lentamente na frente da mulher.

— Pronto, passou. Olha só, Palito. Acho até que ela tá chorando. Vou lá.

— Calma, Chane. Deixa a mulher, coitada. Mania de se meter.

— Não é que eu queira me meter, eu só fiquei meio curiosa, além do mais tu sabe que eu gosto de fazer novos amigos. Ih, olha o que ela tá fazendo.

— Tá amassando o papel.

— Ué. Será que é uma carta de amor?

— Que carta de amor, Chane. Deve ser uma conta ou uma propaganda de alguma coisa.

— Sei não, Palito. Acho que ela não ia ficar desse jeito, meio chorosa, se não fosse alguma coisa importante. Ih, jogou na lata de lixo. Viu só?

— Vi, vi. Olha, ela tá indo embora.

A mulher deixou os gatos para trás e subiu os três degraus de pedra que levavam ao caminho inclinado de volta ao prédio do museu Júlio de

Castilhos. O homem de paletó claro e chapéu-panamá branco tirou um lenço do bolso e secou a testa.

Arachane correu, espantando os gatos. Debruçou-se sobre a lata de lixo amarela e tratou de resgatar a bolinha de papel.

Nenhum dos três amigos suspeitava, mas aquele simples e impulsivo gesto da menina os colocaria no centro de eventos ainda mais misteriosos do que a vida e a morte do Gigante que calçava 56.

> **Preste bastante atenção na ilustração deste capítulo. Ela contém informações importantes, que o ajudarão a solucionar o mistério.**

UM MAPA DO TESOURO?

De volta à sombra do abacateiro, nos fundos do pátio do museu, os três amigos observaram o papel desamassado. Eram duas folhas.

— Meio amareladinho — Breno comentou.

— Acho que é alguma coisa bem antiga, pessoal. — Arachane não escondia sua excitação. Mais do que uma certeza ou uma intuição, era um desejo.

— A cor do papel que é meio amarela, não é coisa antiga nada. — Américo já havia ligado sua câmera e tratava de enquadrar a folha cheia de letras cursivas, escritas com apuro e dedicação. — Mostra aqui pra mim, Chane.

Ela o ignorou:

— Depois, depois, Palito. Primeiro vamos ler o que tá escrito aqui.

Américo colocou-se atrás da amiga e, por sobre o ombro de Arachane, conseguiu uma boa tomada do papel enquanto ela lia:

Filha amada,

Lembra quando disseste que estavas deixando Porto Alegre? Foi uma tristeza muito grande para mim. Se tua mãe fosse viva, acho que ela sentiria ainda mais do que eu. Mas a oportunidade de trabalho era muito boa, eu compreendi perfeitamente, minha filha.

Sempre desejei que tu nunca esquecesse da tua gente nem da tua cidade. Esperei que sempre lembrasse também das coisas de família. São tantas memórias, não é mesmo? Os banhos que tomávamos no Guaíba antes da poluição, as histórias que líamos sob a figueira do sítio da Coroa, tua dificuldade em aprender o alemão, a lenda do tesouro farroupilha, nossos passeios pelo museu Júlio de Castilhos, bom, tantas coisas que não caberiam aqui.

Memórias lindas.

Desculpe te avisar através de carta, mas não tive coragem de contar por telefone. Os médicos descobriram uma coisa e dizem que é bem grave. Mas pode ser só conversa de médico. Quem é que sabe?

De qualquer forma, caso eu já tenha partido quando regressares, deixo uma listinha de coisas para descobrir sobre tua terra natal.

É tudo memória, minha filha.

E quando não vamos atrás da memória ela deixa de acontecer, desaparece.

Beijo grande, filha.
Ich liebe dich.

Teu pai.

Arachane parou de ler. Uma ruga havia surgido no meio de sua testa branca, os olhos azuis pareciam iluminados.

— Vocês escutaram?

Breno não resistiu:

— Não somos surdos, ok? — Ele mesmo riu do que falou.

Américo desligou a câmera. Disse:

— É só uma carta. A gente nem devia ter pego do lixo. Isso é coisa particular.

— Achado não é roubado — ela rebateu. — Além do mais, a mulher colocou no lixo, jogou fora. E esse negócio aqui no final? *Ich* não sei o quê? O que será isso?

— Eu te amo — disseram Breno e Américo ao mesmo tempo.

— Ai, 'brigada, guris.

— Eu te amo em alemão — Breno tratou de esclarecer. — Sei um pouquinho. Meus pais falam sempre em alemão com os parentes.

—Ah, é. Tinha esquecido que teus pais falam alemão.

—Mas essa até eu que não falo alemão sabia, Chane.

— Tá bom, mas vamos ver o que tem nessa outra folha aqui atrás. Deve ser a tal listinha.

VOCÊ SABIA?

O Rio Grande do Sul, nas mais diferentes épocas de sua história, sempre recebeu muitos imigrantes, de várias partes do mundo — especialmente da Alemanha e da Itália, durante o final do século XIX. Seus descendentes conservam o hábito de falar a língua dos antepassados até hoje.

Américo voltou a ligar a câmera. A loirinha virou a página. A mesma letra cursiva caprichada:

1 — É aquele que nos representa
2 — Sobe e desce desde 1958
3 — Um pedacinho do palácio de Versalhes
4 — O que tem tudo o que se procura
5 — Tem dois nomes e muito ar puro
6 — Um calendário positivista de pedra
7 — Onde a lenda começou
8 — De onde a santa contempla e responde

O som das palavras lidas por Arachane foi carregado pela brisa, e elas sumiram. Misteriosas e incompreensíveis. A lista continha oito pontos de interrogação. Nada que fizesse sentido para eles.

— Não entendi nada — Breno foi o primeiro a confessar. Ele não tinha medo de admitir quando não entendia algo.

Américo desligou a câmera. Olhou para o papel. Estava escrito em português, mas parecia aramaico, tal a complexidade das frases.

— Caramba... Eu também não entendi nada.

— Nem eu — falou Arachane —, mas é claro que isso aqui tem uma explicação. Minha mãe é quem diz: tudo tem explicação. Então, guris, esta carta, por mais difícil de entender que pareça, deve ter uma explicação.

— A mulher não encontrou a tal explicação — Breno afirmou alisando a careca.

— Como assim? — Arachane ficou confusa.

— Porque ela jogou a carta fora — Américo respondeu. — Se o que tá escrito na carta fizesse algum sentido, ela não teria atirado no lixo.

— Aposto que a carta não tem nada a ver com ela. Ela pode ter achado o papel em algum lugar, ok? Sentou pra ler, não entendeu nada, jogou fora e foi cuidar da vida — simplificou Breno. E completou: — Tô louco por um refri.

— Tô louco por um ventilador.

Arachane deu dois passos à frente. Deixou os amigos sentados no degrau do muro. Mãos na cintura:

— Esperem, esperem. Ninguém vai sair, ninguém vai tomar refri. A gente tem uma coisa importante aqui. — Exibiu as duas folhas de papel como se eles já tivessem esquecido. — Vocês não sentem um pinguinho de curiosidade? Pois eu sinto. E outra, guris: lembram da cara da mulher lendo a carta? Ela tava com uma cara triste, acho que tava até chorando. Isso quer dizer que essa carta tem a ver com ela.

— Então, por que ela jogou a carta fora?

A pergunta de Américo fez Arachane respirar fundo. Ela sentiu que precisava dizer algo bem inteligente e, sobretudo, convincente:

— Eu não sei — foi o melhor que conseguiu elaborar.

— Que tal um banco? — Breno sugeriu a Américo.

— Boa ideia. Melhor do que um ventilador. É sempre bem fresquinho dentro de um banco — Américo respondeu. — Lá a gente pode continuar o papo sobre o meu curta-metragem. Acho que vai se chamar *As botas do Gigante*. Ou só *O Gigante*. Ainda não sei bem.

— Tudo bem, mas pegamos um refri antes, ok?

Então Arachane se lembrou de algo que estava escrito na carta. Algo bem convincente.

— Só um pouquinho, guris. Vocês ouviram com atenção o que eu li? Os dois a olharam e sacudiram os ombros e a cabeça: sim.

— Lembram do que estava escrito na carta? Lá dizia claramente: "a lenda do tesouro farroupilha".

Os três amigos deixaram o museu Júlio de Castilhos e caminharam na direção da catedral Metropolitana. Pouco movimento no centro. Por ser sábado, por ser verão. Como de costume, Porto Alegre já havia perdido parte de seus moradores para as praias do litoral gaúcho. Nos finais de semana tal situação se acentuava ainda mais. Atravessaram a rua Duque de Caxias e foram para a praça da Matriz. Escolheram um lugar coberto por uma generosa sombra. Sentaram de frente para a catedral e para o palácio Piratini, dois enormes prédios que tinham um aspecto sonolento no abafamento da tarde. Américo ligou sua câmera e fez algumas imagens. Poucas pessoas circulavam por ali.

— Guris, eu tenho certeza de que essa carta tem algum significado — Arachane foi direto ao ponto. — O pai daquela mulher quis dizer alguma coisa para a filha, minha intuição não falha, podem acreditar em mim.

— Mas então por que ele não disse logo o que queria? — A pergunta de Breno fazia todo o sentido do mundo.

— É, Chane. Isso é que não dá pra entender. Se quem escreveu a carta era mesmo o pai daquela mulher — Américo tentava ser mais racional do que pessimista —, e se ele queria dizer uma coisa pra filha, por que não falou de uma vez, de um jeito direto?

— É, e sem aquelas coisas esquisitas da segunda folha, umas coisas sem pé nem cabeça.

Arachane avaliou por um segundo o que os amigos disseram. Eles tinham razão e, para a loirinha de olhos azuis, aí é que morava o mistério. Falou:

— Mas é isso que a gente precisa entender! É isso que a gente precisa descobrir, gente! Tudo tem explicação. Minha intuição não falha. Aposto que essas coisas sem pé nem cabeça, como diz o Breno, têm explicação. Aposto que querem dizer alguma coisa.

— O quê, Chane?

— Alguma coisa, Breno.

— Bruce.

— Ãh?

— Me chamem de Bruce. — Passou as mãos pela careca para lembrá-los de que agora ele se considerava um sósia gaúcho do ator norte-americano. — Repararam que eu tenho as mesmas iniciais do cara? Ele é Bruce Willis. Eu sou Breno Wolffenbüttel.

— Ai, meus santos...

— Tudo bem, tudo bem. — Américo tratou de reconduzi-los ao foco central da conversa. — A pergunta do Breno, quer dizer, do Bruce, é importante. Se tudo o que tu tá dizendo, Chane, estiver certo, então a gente tem que tentar descobrir o que esse pai quis contar pra filha!

— Mas como? — Breno queria mesmo um refrigerante e aquela conversa começava a aborrecê-lo de verdade. — Essas frases parecem umas pegadinhas, umas charadas.

Arachane ergueu-se rápido e apontou o indicador para o menino careca. Ficou assim, feito estátua, encarando-o com insistência.

— O quê?

Américo estalou os dedos: havia entendido o que ela havia entendido.

— O quê? — Breno repetiu. O que será que deu neles? Será o calor?, especulou.

— Tu tem toda a razão, Breno. — Ela permaneceu em sua posição de estátua, só a boca se mexeu. — Toda a razão do mundo, Breno.

— Bruce, ok? — ele a corrigiu. — Tenho razão?

— Sim — completou Américo. — Só pode ser isso, Chane.

— Pode ser o quê? Tenho razão no quê?

— Charadas, Bruce. — O futuro cineasta tirou-o de sua angustiante espera. — Charadas.

Ficaram quietos. Um táxi passou devagar, quase sem fazer barulho. Uma nuvem encobriu o sol. Tornou pálidos o palácio Piratini e a catedral Metropolitana.

— São oito charadas. — Arachane conferiu a segunda folha. — Isso mesmo, oito charadas. Se a gente descobrir o que essas charadas querem dizer a gente descobre o mistério, a gente encontra a explicação.

— Isso mesmo — concordou Américo, agora bem mais inclinado a seguir o raciocínio de Arachane. Começava a achar que a ideia de seu curta-metragem poderia esperar um pouco. Quem sabe aquela história não rendesse um filme? Uma superprodução?

— Não sei, não. — Breno ainda não estava totalmente convencido e, pior, estava cada vez mais louco por um refrigerante. — Uma carta de um pai pra sua filha — tentou resumir o que vinham falando para ver se encontrava sentido. — Cheia de charadas. A mulher botou a carta fora. Não sei o que a gente pode descobrir de tão importante.

Arachane, ainda em pé, começou a reler as duas folhas.

— Olha, Breno, quer dizer, Bruce — Américo ia tentar convencer o amigo —, a gente só vai saber se é algo importante se a gente tentar.

— Ela botou fora — Breno argumentou. — A gente só bota no lixo o que não é importante.

— Nem sempre. Às vezes a gente pode se enganar ou então pode ficar com raiva de uma coisa e jogar fora, ou ainda ela pode não ter descoberto as charadas e resolveu desistir.

— Gostei dessa última ideia. Desistir. A gente pode deixar a carta no lixo e tomar um refri. Eu pago.

— Guris, guris... — A voz de Arachane saiu baixa e tremida.

Os dois a observaram um pouco assustados.

— Eu acabei de ler de novo essa carta e essas charadas... — Encarou--os. — Esse pai que parece que tá morrendo repete uma palavrinha. E isso não pode ser só coincidência.

— Qual? — eles perguntam ao mesmo tempo.

Ela respira fundo. Então responde:

— Lenda.

SERÁ QUE VOCÊ SABE?

A câmera de Américo gravou imagens da entrada da catedral Metropolitana de Porto Alegre. Procure alguém em atitude suspeita.

Acertou sem usar o decodificador? Ponto para marcar na Ficha de Detetive!

UM ESTALO

A tarde de sábado seguiu sem surpresas para os três amigos. Cada um voltou para casa com a combinação de pensarem um pouco mais a respeito do que haviam encontrado no museu Júlio de Castilhos.

Arachane não tinha dúvidas de que a carta ocultava em suas entrelinhas a resposta para um segredo. Voltou para o apartamento onde morava com a mãe e com a irmã disposta a gastar o resto do final de semana, se fosse preciso, para decifrar o conteúdo da mensagem deixada por um pai para sua filha. Um pai que, pelo que ela havia entendido, estava à beira da morte. Uma filha que deveria estar longe. Seria aquela mulher a filha para quem a carta havia sido escrita? Mas o que mais provocava sua imaginação era a tal lenda. A lenda do tesouro farroupilha.

Mesmo intrigado com o episódio no museu, Américo preferiu circular pelas ruas do centro de Porto Alegre e fazer tomadas de monumentos e de prédios. Era outro de seus projetos. Iria se chamar *A cidade onde eu moro*. O roteiro ainda não estava bem definido, ele nem sequer tinha começado a escrevê-lo, e esse era um de seus maiores problemas. Preciso encontrar um roteirista urgente, vivia dizendo a si mesmo. Mas sabia que queria fazer uma espécie de documentário, de diário em vídeo. Editaria uma porção de imagens dos locais do centro de que mais gostava ao som de uma música que ainda não havia escolhido. Por baixo disso o texto explicando por que escolhera tais lugares e o que sentia ao vê-los. Embora negasse, suas impressões tinham também um tom de despedida.

O novo visual de Breno provocou desconforto nos pais. O menino chegou quando eles já haviam limpado e fechado o restaurante vegetariano Muda Verde. O pai, a princípio, não o reconheceu e voltou a se concentrar no cadeado. A mãe deixou a cabeça pender sobre o peito e cochichou: "Olha o que teu filho aprontou dessa vez". Caminharam até o apartamento na rua Riachuelo conversando a respeito de cortes de cabelo, de liberdade de expressão, de diálogo com os pais. Breno teve de prometer não fazer tatuagens nem colocar brincos ou piercings sem antes consultá-los. Em casa, ele enfim tomou seu refrigerante e assistiu pela quinta vez *Duro de matar 4.0*.

Na noite daquele sábado o telefone tocou no apartamento de Arachane. Ela mesma atendeu. Era seu pai. Perguntou como estava, o que andava fazendo, insistiu: "Tem certeza de que não quer passar uns dias aqui em Rosário?". A loirinha até tinha vontade, gostava do pai, do campo, mas sabia como a mãe iria ficar preocupada; além do mais, não conhecia ninguém lá e preferia deixar o pai concentrado na madrasta prestes a ganhar bebê, seu futuro irmãozinho. Ele perguntou se ela tinha pensado em um nome. Ubirajara, ela respondeu, porque além de ser um nome indígena como tu gosta, já vem com o apelido pronto: Bira. Ele riu, prometeu anotar em sua lista. Depois passou o telefone para Iara, a irmã mais velha, de 16 anos, uma loira alta, de longos cabelos escorridos e olhos castanhos. Iara recebia um casal de amigos da mesma idade: Fernanda, colega de aula, e o mais recente namorado da amiga, Adriano, maravilhado com seu novo telefone celular. Arachane olhou para a mãe, que seguia preparando o jantar. Tinha certeza de que disfarçadamente ela se mantinha atenta às conversas das filhas.

Arachane sentou no tapete da sala e colocou as duas folhas sobre a mesa de centro. Tudo tem explicação, tudo tem explicação, ficou repetindo para si mesma.

— Cartinha do namorado? — Fernanda quis saber.

— Bem capaz — respondeu, o rosto ficando vermelho.

— Não poderia ser — Adriano comentou. — Quem é que escreve carta hoje em dia?

— Ah, isso mesmo, morzinho. A Chane só usa e-mail, torpedo, MSN...

A loirinha soltou uma risada curta, meio nervosa.

— Nada disso, não tenho namorado.

— É o Américo, né? — Fernanda insistiu. — A Iara tem quase certeza. Eu já vi o Américo, morzinho. É um guri magro, de cabelos e olhos castanhos, tá sempre com uma filmadora, bem bonitão ele.

— Bem capaz — Arachane protestou.

— Então é o outro carinha, como é mesmo o nome dele?

— Breno, morzinho. Os três andam sempre juntos, é uma coisa impressionante. O Breno é um cara um pouco mais velho, ele repetiu um ano, é do tipo fortinho. Tá namorando o Breno então, Chane?

Arachane recolheu as duas folhas de papel, dobrou-as no meio, alisou-as. Estava completamente encabulada.

— Não tô namorando ninguém. A mana acha que sabe tudo, mas ela, na verdade, não sabe de nada. Além do mais, é uma fofoqueira e uma chatonilda.

O casal de namorados riu. Trocaram beijinhos.

— Mas e aí, Chane? De quem é a carta? — Adriano estava curioso.

— Ah, é uma história meio maluca — Arachane confessou. — Uma história que aconteceu hoje de tarde ali no museu Júlio de Castilhos.

— Conta — ele sugeriu.

Arachane contou.

Breno ejetou o DVD e guardou-o com carinho na gaveta da sua bancada. Não tinha dúvida de que *Duro de matar 4.0* era o melhor filme da série. John McClane estava ainda mais esperto, mais experiente e mais violento do que nunca. Agora, ele combatia um vilão que tentava espalhar o colapso em toda a infraestrutura dos Estados Unidos. Breno gostava especialmente da sequência em que o policial de Nova York combate um superavião a jato. E vence.

Apanhou sua revista de liga-pontos. Adorava o passatempo. Observava aquela série de pontos misteriosos sabendo que ali se escondia algo. Isso fez com que ele se lembrasse dos amigos e da carta encontrada no lixo do museu Júlio de Castilhos. Aquilo não devia ser nada, concluiu. Havia adorado os canhões. Começou a ligar os pontos com sua esferográfica. Imaginou como John McClane se sairia no meio da Revolução Farroupilha.

> **VOCÊ SABIA?**
> Na Revolução Farroupilha foram usados armamentos como fuzis, espadas, baionetas, garruchas, mosquetões, lanças, adagas, facões, boleadeiras, canhões, além de barcos, escunas e canhoneiras.
> Estima-se que durante a revolta entre três e quatro mil pessoas perderam a vida.

Os pais de Américo elogiaram as imagens que ele fizera no centro da cidade, especialmente as da fonte Talavera, bem na frente do prédio da Prefeitura, na praça Montevidéu. Os azulejos com detalhes amarelos, brancos e azuis reluziam sob o sol. Américo havia conseguido captar o momento em que um pombo calorento se refrescou na pequena bacia logo abaixo do esguicho de água do chafariz, no topo da fonte.

— Que lindo, filho — disse Verônica, a mãe. — Sabia que essa fonte foi um presente da comunidade espanhola aos gaúchos, para homenagear o centenário da Revolução Farroupilha? Foi instalada em 1935. É também o marco zero da cidade.

— Legal — ele falou. — Olha ali! — Apontou para a tela da televisão. — Gravei também o que tá escrito na fonte.

— *"La colonia española al glorioso pueblo riograndense en su centenario farroupilha 1835-1935"* — leu Mauro, o pai.

— O centro é demais.

O comentário de Américo era, em essência, uma forma de obter a concordância dos pais. A possibilidade cada vez mais concreta de se mudarem para a zona sul o aborrecia. Na tela da televisão, imagens externas do Mercado Público.

— Lindo, né, mãe?

Verônica e Mauro se olharam. Sabiam onde ele queria chegar.

— Seguinte, Palito. — O pai também havia adotado o apelido dado ao filho pelos amigos. — A gente também adora o centro, mas nós já falamos sobre a questão da qualidade de vida, lembra?

— A zona sul não é o fim do mundo. Tem tudo lá, inclusive tranquilidade e mais segurança — Verônica acrescentou.

— É, mas não tem todas essas coisas legais que eu gravei...

— Pô, Palito, os prédios, os museus, os monumentos, nada disso vai sumir. Ânimo, guri!

A mãe o abraçou:

— Olha, filho, se eu pudesse levava... — pensou nos pontos turísticos que o filho gostava de capturar em vídeo — ... levava, sei lá, o Laçador pro nosso novo bairro, só pra tu não ficar com saudades.

Américo congelou. Os pais o observaram por um intrigante momento. O que teria acontecido? De súbito, o jovem cineasta estalou os dedos: havia descoberto como decifrar o mistério daquela carta resgatada do lixo.

4
ENCONTRO INESPERADO

Depois das combinações matinais, decidiram se encontrar na praça da Matriz. Embora Américo quisesse contar logo o que havia descoberto, ou o que "achava" ter descoberto, foi preciso primeiro cumprir os compromissos familiares do domingo. Breno dormiu a manhã toda, depois, como prometido, provou soja com cogumelos e verduras. Comeu, mas odiou. Apesar de serem donos de um restaurante vegetariano, os pais de Breno não eram adeptos daquele tipo de alimentação. Mas, em função do trabalho, viviam testando receitas para usar no Muda Verde. Breno saiu da mesa louco por um xis. Arachane ajudou a mãe com o almoço: carne de panela, arroz branco e salada de tomates gaúchos. Desatenta, quase cortou os dedos ao fatiar os tomates. Pensava na carta e na tal lenda. Na opinião da garota, devia ser muito mais do que simples lenda. Américo foi com os pais visitar o local da futura casa da família no bairro Guarujá, na zona sul de Porto Alegre. Ficava próximo ao lago Guaíba, num ambiente bem calmo. Parece até cidade do interior, lamentou.

No horário marcado os três estavam sentados no mesmo banco do dia anterior.

— Fala logo, Palito! — protestou Arachane. — Odeio ficar esperando e, além do mais, eu tô louca pra saber o que tu descobriu. É mais do que uma lenda, né, Palito? O tesouro existe mesmo, certo? Eu falei que tudo tem explicação e que minha intuição nunca falha!

— Calma, Chane! Deixa o Palito falar, ok? — Breno tentou tornar o encontro mais objetivo.

— Valeu, Breno.

— Bruce — corrigiu-o.

— Ah, é. Valeu, Bruce. Bom, gente, ontem eu tava mostrando umas imagens que fiz aqui do centro, tentando convencer meus pais a não construírem uma casa lá onde o diabo perdeu as meias, aliás, nós fomos lá hoje de manhã...

— E aí? Foi legal? Muita selva?

— Parem, guris! — Arachane reclamou. — Depois a gente fala disso. Tô doente de vontade de saber o que tu descobriu, Palito.

— Ah, é. Tá certo. Bom, como eu disse, eu tava falando com meus pais, falando de locais bacanas aqui de Porto Alegre, e me dei conta. Trouxe a carta, Chane?

Claro que ela havia levado. Desdobrou-a e alisou as duas folhas sobre a perna. Américo continuou:

— Olha só o que tá escrito na primeira página. Deixa eu ver... Aqui. Escutem: "De qualquer forma, caso eu já tenha partido quando regressares, deixo uma listinha de coisas para descobrir sobre tua terra natal".

Breno esfregou a careca:

— Tá, e daí? O que foi que tu percebeu?

Américo sorriu:

— Ele fala sobre coisas pra descobrir em Porto Alegre e, em seguida, escutem só o que ele escreve: "É tudo memória, minha filha".

— Continuo boiando — Breno confessou.

— Eu também tô boiando, Palito. — Arachane foi honesta. Toda sua excitação havia dado lugar à dúvida, à insegurança.

— É de uma lista de coisas em Porto Alegre que a filha precisa lembrar.

Breno e Arachane se olharam. Então era isso? Só isso?

— Calma, calma! — o jovem cineasta se antecipou. — Ele fez charadas, enigmas, como se fosse um jogo, uma brincadeira. Eu só não sei por que ele fez isso. Mas de qualquer forma eu descobri a resposta da primeira charada.

— Sério, cara? — Breno olhou a carta. — Mostra aí, Chane, as charadas.

Ela virou a folha e leu a primeira em voz alta:

— "É aquele que nos representa".

Américo voltou a sorrir, satisfeito. Estava gostando da sensação de deixá-los na expectativa. Arachane não. Beliscou-o no braço.

— Ai!

— Fala logo, se não eu te belisco de novo — ameaçou.

— Tá bom, tá bom, sem violência. A resposta é a estátua do Laçador.

Os outros dois pensaram um pouco. Mastigaram a informação sem pressa, verificando se realmente encaixava no lugar certo.

— Laçador... — Breno repetiu. — É aquele que nos representa... — Ele não parecia muito convencido.

— O Laçador é a figura de um gaúcho, e todos nós somos gaúchos. Então ele nos representa... — a loirinha concluiu.

— É, faz sentido, Palito. — Breno deu uns tapinhas no ombro do amigo.

Américo se sentiu orgulhoso.

— Isso quer dizer — ela falou — que temos algo a fazer.

— Um xis com refri de dois litros? — Breno arriscou. Ainda tinha fome.

— O quê, Chane?

— É simples, Palito. Temos que ir lá.

— Lá onde? Numa lancheria? — Breno não pôde evitar a gracinha.

— Na estátua do Laçador.

> **Procure pelo número 1 no mapa e veja onde fica a estátua do Laçador.**

Caminharam até a estação Mercado do Trensurb avaliando se deveriam ir mesmo até a zona norte, entrada da cidade. Arachane era a mais entusiasmada, até mesmo mais do que Américo, autor da resposta para a primeira charada. Foi tratando de convencer os amigos, sempre os lembrando das palavras que dissera tão logo leram a carta: aposto que essas coisas querem dizer alguma coisa. Ela, no entanto, sabia que sua mãe tinha verdadeiro pavor dos eventuais passeios não autorizados feitos pela filha. A loirinha absolveu-se dizendo a si mesma que a iniciativa era de extrema importância e, além do mais, estava com os amigos e eles cuidariam bem dela.

Dentro do trem de superfície Breno reclamou de sede, de fome e de calor. Arachane prometeu-lhe um refri bem gelado. Mas só depois. Américo fazia algumas imagens da paisagem que se movia do lado de fora. No vagão, apenas dois casais e um homem oculto pelo jornal aberto.

— E aí, cara? O que será que o Laçador tem a ver com essa história toda?

A pergunta de Breno pegou o cineasta de surpresa. Ele desligou sua câmera e enroscou-se em uma das barras metálicas fixadas no piso e no teto do trem.

— Talvez não seja nada — respondeu. — Só um jogo entre pai e filha, coisa de família. Sei lá.

Arachane discordou com certa irritação:

— É alguma coisa, sim! Duvido que seja só um jogo entre pai e filha. Aposto que essas charadas querem dizer algo bem mais importante do que... — tentou escolher as palavras — ... do que simples pontos turísticos de Porto Alegre. Eu já reli a carta várias vezes e cada vez que eu leio mais me convenço de que tem alguma coisa escondida aqui... como se diz... como se diz...

— Nas entrelinhas — Américo ajudou.

— Isso mesmo. Tenho certeza que o pai deixou alguma coisa escondida nas entrelinhas para a filha. E eu tenho quase certeza que tem a ver com a tal lenda do tesouro farroupilha.

Estação rodoviária. Subiram duas famílias e cinco crianças pequenas, um casal de idosos cheios de sacolas, três jovens vestidos de preto, todos com fones de ouvido.

— Tudo bem, tudo bem — Breno coçou a careca. Gostava das coisas bem explicadas. — Que lenda é essa?

Arachane e Américo ficaram em silêncio. Ele prosseguiu:

— Eu já ouvi falar da lenda do Negrinho do Pastoreio, da lenda da Salamanca do Jarau, da lenda do M'boitatá. Mas nunca ouvi falar dessa lenda do tesouro farroupilha. E outra: se é uma lenda, é porque não é uma coisa de verdade.

Fazia sentido para Américo, o que o deixou um pouco envergonhado, afinal sentia-se corresponsável por aquele passeio. Arachane não estava totalmente convencida. Atacou:

— Às vezes as lendas se chamam lendas mas são bem reais. Ou se não são reais, é porque ninguém procurou de verdade. E outra coisa, Breno: tu acha que o teu ídolo, o Bruce Willis, fugiria de uma aventura como esta?

Breno parou de coçar a cabeça. Começou a coçar o nariz. Depois a penugem que crescia sobre os lábios.

— Bom, eu só queria saber se alguém já ouviu falar sobre o tal tesouro farroupilha — respondeu, em tom de desculpa.

— Minha mãe é professora de história — Américo lembrou. — Ela deve saber.

— Isso mesmo! — a loirinha se encantou. — A dona Verônica pode nos ajudar. Claro. Aposto que ela pode nos dar mais uma pista sobre essa carta. Isso vai ser muuuito show!

— Espera aí, Chane. — Breno encarou os olhos azuis da amiga.

— Que foi, Breno, quer dizer, Bruce?

— Não acho uma boa ideia a gente ficar espalhando essa história da carta, das charadas, da lenda do tesouro farroupilha.

— Não? — perguntou Américo intrigado.

— Vai que o tesouro existe mesmo...

O cineasta e a loirinha pensaram a respeito. Américo, mais uma vez, achou que o amigo tinha razão. Fazia sentido. Ela começou a sentir o rosto arder: estava ficando vermelha.

Os dois perceberam. Antes que perguntassem qualquer coisa e sabendo que não poderia disfarçar ou esconder seu mal-estar, Arachane confessou:

— Guris... olha só... eu acho... que já... quer dizer... tipo assim... já espalhei a história da carta... — Tentou sorrir.

40

Noite anterior. Apartamento de Arachane. Adriano sentou ao lado da loirinha e pediu para dar uma olhada na carta. A história o interessou.

— Olha só, que bacana... — falou e começou a ler.

— O que é, morzinho? — Fernanda chegou perto.

— Hmmm... — Ele não deu atenção à namorada.

Arachane sentiu-se importante e começou a falar sobre suas convicções a respeito do segredo que a carta deveria esconder. Tudo tem explicação, repetia a eles.

— Hmmm... — Adriano chegou na listinha. Leu com atenção. — Hmmm...

— Tu viu ali, Adriano? — Arachane perguntou. — A palavra "lenda" aparece duas vezes.

— Lenda do tesouro farroupilha... — ele cochichou para si mesmo, como se estivesse sozinho na sala precariamente arejada por um ventilador de teto.

— Tesouro, morzinho? — Fernanda abraçou-se ao namorado. Não gostava quando ele dava atenção à outra pessoa, mesmo que fosse uma menina de apenas 12 anos de idade.

— Hmmm... — fez ele. — Escuta, Chane, tu pode me servir um copo d'água?

Estação São Pedro. Embarcam duas adolescentes tagarelando. Um senhor pilchado, vestido com trajes gaúchos típicos, falando no telefone celular, também.

— Como assim, Chane? — A pergunta de Américo a deixou ainda mais encabulada. E vermelha.

— É que eu... — começou a explicar. — ... tipo assim... eu acho que eu tava tão feliz com essa história toda que... nem me dei conta...

— De que tinha falado demais?

Arachane suspirou:

— Que nem me dei conta de que falei demais — teve que concordar com Breno. O que considerava uma de suas maiores qualidades podia também se voltar contra ela. — Foi mal, guris...

Américo tinha se arrependido de ter largado aquele "como assim?" com certa indignação, e por isso falou:

— Ah, Chane, deixa pra lá, não esquenta com isso.

Breno passou o braço pelos ombros dela:

— É, não esquenta.

— Valeu, guris...

— Falou pra mais alguém?

— Pô, Breno! — Américo o repreendeu.

— É Bruce, ok? Bruce.

— Não, não falei pra mais ninguém — ela esclareceu. — A Iara logo apareceu e levou o Adriano e a Fernanda pro nosso quarto. Bom... na verdade...

— Ai, ai, ai! — Breno levantou do assento. — Espalhou na internet?

— Não, não, calma. Comentei com a minha mãe, e com mais ninguém, juro.

— E ela falou o quê? — o cineasta quis saber.

— Não falou nada. — Seus olhos azuis se tornaram sutilmente mais escuros com a tristeza da lembrança. — Acho que ela nem me ouviu. É que o meu pai tinha ligado pra mim e pra minha irmã um pouco antes. Aposto que minha mãe ficou pensando no meu pai lá longe, casado com outra mulher e esperando um filho. Aposto, não. Tenho certeza que ela ficou pensando nessas coisas. Ela ainda deve gostar muito dele.

Os três ficaram quietos.

> **E você? Se tivesse achado uma carta dessas,**
> **comentaria com mais alguém?**

Estação Farrapos. Quatro homens de diferentes idades entraram no vagão. Uma das crianças começou a chorar.

— Tudo bem, tudo bem — Américo queria animar a amiga. — Vamos dar uma boa olhada no Laçador e ver como é que ele se encaixa nessa carta misteriosa, né, Chane?

Ela apenas balançou a cabeça de leve, em um sim tristonho.

Seguiram em silêncio até se aproximarem da próxima parada: Aeroporto.

— Olha lá! — Breno apontou pela janela.

Era o sítio do Laçador, em frente ao Terminal 2 do Aeroporto Internacional Salgado Filho. Um mastro ostentava a bandeira do Rio Grande do Sul. O verde, o vermelho e o amarelo da bandeira quase não se mexiam. Só havia calor. Não havia brisa. Algumas pessoas visitavam o local e posavam para fotos.

Américo ligou sua câmera — *rec* — e focalizou o monumento com o máximo de zoom.

— Muito legal! — falou, tentando não tremer demais.

Saltaram para a plataforma e começaram a correr em direção à passarela que os levaria para o outro lado da BR-116. Arachane segurou os braços dos amigos e os fez parar. Na direção contrária vinha Adriano, com o telefone celular nas mãos.

SERÁ QUE VOCÊ SABE?

Como Adriano conseguiu as informações da carta?

A sua intuição está funcionando? Ótimo! Marque um ponto na sua Ficha de Detetive!

SURGE MAIS UM OPONENTE

Espremidos atrás de uma coluna, os três tentavam retomar o ritmo normal da respiração depois de terem se escondido de Adriano. Ele estava absorvido com o celular, não prestava atenção em mais nada.

— O que ele tá fazendo aqui? — Arachane perguntou.

— Parece que agora não somos os únicos a procurar a tal lenda — Breno resmungou mal-humorado.

— Calma, pessoal — Américo tentou raciocinar. — Pode ter sido uma simples coincidência...

A loirinha e o dublê de Bruce Willis se olharam com cumplicidade. Coincidência? Não parecia possível.

— Negativo — Breno garantiu. E explicou: — Ontem a Chane contou pra ele sobre o que íamos investigar, ok? — Gostou de se ouvir pronunciar a palavra "investigar", isso o fez se sentir importante, adulto, sério. — Hoje a gente descobre a resposta do primeiro enigma, da primeira charada. Quem encontramos?

— É, o Bruce tem razão, Palito — Arachane concorda, embora sabendo que está admitindo o erro de ter falado demais. Está convencida de que foi um erro e tanto. — Não pode ter sido coincidência. Porto Alegre não é uma cidade tão pequena assim. Tem mais de um milhão de habitantes. A gente não ia se encontrar aqui por acaso. Aposto que ele tá procurando a mesma coisa que a gente. Droga, como eu fui burra!

— Calma, gente. Precisamos de um plano de emergência — disse Américo, buscando Adriano por entre as pessoas. — Ele tá lá no guichê. Por sorte não nos viu.

— Qual o problema se nos visse? Não tenho medo dele. Eu podia até arrancar umas respostas do cara! — Breno fez cara de mau e mostrou os punhos fechados.

Nenhum dos outros dois deu muita importância ao comentário.

— Guris, eu só não entendo como é que ele descobriu sobre o Laçador.

— Não comentou nada com ele, Chane? — Américo também não compreendia o que Adriano fazia ali.

— Não comentei nada, tenho certeza. Até porque foi tu quem descobriu a resposta da primeira charada. Ontem quando eu... falei demais... só comentei que a gente tinha encontrado a carta.

— Peraí, peraí! — Breno ficou na dúvida. — Mas ele leu a carta, Chane?

Ela baixou os olhos. Balançou a cabeça: sim.

— Caramba... — o jovem cineasta lamentou, sem tirar os olhos dos passos de Adriano adentrando a estação Aeroporto do Trensurb.

— Bom, então ele pode ter decorado o que tava escrito na carta da mulher. Vocês não acham?

— Decorar a carta toda? Acho muito difícil. — Arachane era ótima aluna, tinha facilidade em aprender e em memorizar conteúdos e informações. — Uma carta inteira? Não, de jeito nenhum. E ele leu só uma vez. Uma vezinha só!

— Bom, pode ser que ele tenha decorado só essa primeira charada. Eu faço bem assim — contou Breno —, às vezes eu decoro só um pedaço de uma matéria pra não me confundir.

— Isso explica por que tu repetiu o ano! — Chane sacudiu a cabeça, desapontada com o amigo. — Quantas vezes eu falei pra tu vir estudar com a gente? Pra não usar esse teu método maluco?

— Ah, esse ano vai ser melhor, ok? — comentou, sem muita convicção.

— Pessoal, pessoal, ele foi pra plataforma! — O anúncio de Américo foi dado com uma voz estridente. — Acho que ele tá voltando pro centro. Temos que seguir ele!

> **VOCÊ SABIA?**
> Certamente não foi coincidência os três amigos terem encontrado Adriano. Como disse Arachane, Porto Alegre não é uma cidade pequena. De acordo com a estimativa feita pelo IBGE em 2007, a população da capital gaúcha é de 1.420.667 habitantes.

Por precaução, não entraram no mesmo vagão que Adriano.

— Temos que ficar bem atentos — advertiu Américo. — Na próxima parada a gente tem que ver se ele vai descer ou não.

O vagão em que eles viajavam não tinha muitas pessoas. Três casais, duas crianças, um grupinho de meninas cochichando e rindo, um homem de boné vermelho e um homem de paletó com uma mala de rodinhas observando a paisagem com verdadeiro fascínio, como se fosse a primeira vez que visse Porto Alegre ou como se estivesse voltando depois de muito tempo.

— Mas o que vamos fazer? — Arachane quis saber.

— Sei lá, quer dizer, de repente ele sabe mais do que nós.

— Por que elas tão rindo? — Breno estava intrigado com as meninas no fundo do vagão.

— Ãh?

— Aquelas gurias lá, Chane — apontou.

A loirinha olhou para elas.

— Não é nada. Ei, Breno, vamos nos concentrar no nosso problema, na nossa investigação, tá legal?

— Bruce.

— Isso, isso. Bruce. Esqueci.

— Acho que elas tão rindo de mim.

Américo ficou impaciente:

— Pessoal, pessoal, vamos prestar atenção no cara, não nessas gurias, pô!

— Será que elas tão rindo porque eu cortei o cabelo?

— Tu rapou a cabeça. Pra ficar parecido com o Bruce Willis. É bem diferente de cortar o cabelo. Mas o Palito tem razão, deixa elas.

— Vou lá.

Antes que Arachane ou Américo pudessem dizer qualquer coisa, Breno começou a se deslocar. Tentou imitar um sorriso de canto de boca igual ao do Bruce Willis. Elas devem tá me achando parecido com ele, pensou, enquanto se aproximava.

— Breno... — Arachane cochichou, tentando trazê-lo de volta.

— Deixa, deixa, Chane! O Breno é meio cabeça-dura mesmo. Será que o Adriano decorou só a primeira charada?

— Pode ser, não sei. Ele nunca me pareceu um cara muito esperto. Minha mãe nem gosta muito dele, acha ele, assim... como é mesmo que ela diz? Ah, já sei. Dissimulado.

— Dissimulado? Isso quer dizer... um cara que parece uma coisa mas é outra?

— Isso mesmo. Talvez ele tenha puxado papo comigo ontem só pra roubar informações sobre a nossa investigação. E talvez ele também acredite que o tal tesouro exista de verdade.

— É, sei lá, mas o melhor é a gente não perder ele de vista.

— Certo.

O trem começou a diminuir de velocidade. Aproximava-se da estação Farrapos. Somente Arachane e Américo deram a entender que desceriam. Ninguém mais levantou de seus lugares. O trem parou, as portas automáticas se abriram deixando o ar quente penetrar no vagão. Os dois puseram a cabeça para fora e espiaram. Adriano desembarcou e se dirigiu para as escadas de saída.

Américo, agitado, pulou para a plataforma: a perseguição ia continuar. Arachane gritou:

— Breno! Vem aqui agora! Rápido!

O apito de advertência soou, avisando que as portas do trem fechariam. O jovem careca deu um pulo, digno dos melhores astros de ação de Hollywood, e passou entre as portas que já se encostavam.

— Tá maluco? — a amiga se indignou.

— Ué, tu não me chamou?

Ela não soube o que responder.

— Vem, o Adriano desceu aqui. Nós vamos ver aonde é que ele vai. O Américo tá ali na frente.

Os dois começaram a andar rápido. Breno sorria.

— Peguei o telefone.

— Ãh? Telefone? Que telefone?

— Telefone da Débora.

— Mas que Débora?

— A Débora ali do trem — contou, com orgulho.

— Ah... Tu é bem cara de pau mesmo...

— Elas tavam me olhando, ok? Resolvi ir lá pra saber por quê.

— E o que era? Não vai me dizer que elas te acharam bonitinho sem cabelo nenhum.

— Ãh-rã. Acharam.

— Como diz a minha mãe, gosto não se discute, se lamenta.

Breno riu.

— Vou ligar mais tarde.

— Tá, mas depois, primeiro a gente tem uma investigação pra fazer, lembra?

— Claro. Bruce Willis agora tá mais motivado do que nunca.

Viram Adriano deixar a estação e pegar a avenida Farrapos. Os três o deixaram caminhar com uma quadra de distância para terem tempo de se esconder caso fosse preciso. Ele pegou a avenida Sertório à direita e seguiu rumo à praça Navegantes. Em momento algum olhou para trás ou reduziu a marcha.

— E se a gente fosse falar com ele? E se a gente abrisse o jogo? — O questionamento de Breno não empolgou nenhum dos dois companheiros.

— Tu tá querendo que a gente fique do lado do cara?

— Ué, qual o problema, Palito?

— Não dá, Breno — ela falou.

— Bruce.

— Ai, que saco! Não dá, Bruce. Minha mãe disse que ele é dissimulado.

— Desmiolado?

— Não, Bruce. Dis-si-mu-la-do.

— Quer dizer que não dá pra gente confiar nele — Américo resumiu.

— Ok, ok. Tenho outra ideia. Que que vocês acham: e se a gente pegasse o Adriano e fizesse ele falar tudo o que ele sabe sobre a lenda do tesouro farroupilha?

— Tu tá delirando, Bruce. Muito sol na careca — Arachane não perdoou.

— Tá dizendo sequestrar o cara? — O cineasta começava a achar que o amigo estava pirado mesmo.

— Melhor. Sequestrar e torturar. Torturar até ele dizer o que a gente quer ouvir.

Um pouco mais à frente Adriano parou. Os três se esconderam atrás de um carro estacionado. Américo ligou a câmera. Viram Adriano tirar do bolso o que, a distância, parecia ser o seu telefone celular. Digitou em algumas teclas e mirou a ponte sobre o lago Guaíba.

— Acho que ele tá tirando uma foto — Arachane falou. — Por que será? Vocês acham que tem alguma coisa a ver com a nossa investigação?

Nenhum dos outros dois conseguiu responder.

O que viram a seguir os deixou chocados, mudos.

Um homem de boné vermelho surgiu do meio do nada e acertou um soco violento no rosto de Adriano. O jovem desabou na calçada. Desacordado. O homem abaixou, pegou o celular de Adriano caído ao lado do garoto e entrou num Monza prata, que arrancou cantando pneus e deixando nuvens de fumaça esbranquiçada.

> ## SERÁ QUE VOCÊ SABE?
>
> Além de Adriano, existia alguém suspeito no trem?
> Uma dica: analise bem as ilustrações que apareceram até aqui.
>
> Sua observação está afiada e você acertou sem olhar o decodificador? Mais um ponto na sua Ficha de Detetive!

— Ai, guris, eu ainda tô tremendo — falou Arachane e mostrou as mãos, que evidenciavam uma leve agitação.

Os amigos estavam no quarto de Américo. Cartazes de vários filmes decoravam a parede. *Blade runner*, *Cidadão Kane*, *Taxi driver*, *Ben-Hur*, *Amarcord*, *Cidade de Deus*, *Um homem, uma mulher*, *A história oficial*, *O poderoso chefão*, *Metropolis* e muitos outros. A janela no 12º andar do prédio na Jerônimo Coelho dava para outros prédios e para um trecho do lago Guaíba. O sol havia sido encoberto por nuvens densas e extensas. A temperatura diminuía.

— Fiquei morrendo de medo — prosseguiu Arachane, sentada na cama. — Não consigo parar de lembrar o que aconteceu, ai, gente, coitado do Adriano...

— Calma, Chane. — Américo conectava sua câmera à televisão. — Ele vai ficar legal. Vocês viram, apareceu um monte de gente pra ajudar ele.

— Foi um soco e tanto — Breno comentou e tentou imitar o soco no ar. — Puf!

— Ai, para, Breno! — reclamou a garota.

— Bruce — corrigiu-a e experimentou com a mão esquerda. — Puf! Nunca vi um ladrão de celular bater daquele jeito.

— Pois é, foi muito estranho. Foi estranho pra caramba. Deixa eu ajeitar as coisas aqui e a gente vê as imagens.

— Tu gravou?

— Claro, né, Chane, um bom cineasta tem que tá sempre preparado — respondeu Américo, sem disfarçar seu contentamento. — Pronto pessoal, vamos ver.

— Ver o quê?

— Olha, Bruce, talvez a gente veja alguma coisa que nos ajude a entender o que foi que aconteceu, deixa eu voltar mais um pouco... aqui! Foi bem a hora em que eu liguei a câmera.

Assistiram com atenção. No calor do momento, Américo não acionou o zoom, o que fez com que o registro ficasse um tanto distante. Ainda assim era claro o suficiente: o homem do boné vermelho se aproxima com rapidez. Adriano segue concentrado no seu celular. O homem do boné vermelho se posiciona, o pé esquerdo na frente do corpo, como um pugilista. Inclina o ombro e lança o punho esquerdo contra o rosto do jovem. Adriano recebe o soco e cai na mesma hora. A ação perturba o cinegrafista amador, a câmera treme. O homem do boné vermelho se agacha, apanha algo do chão, seu próprio corpo encobrindo a cena, levanta e corre para dentro de um carro que chega. Ele abre a porta e se joga no banco do passageiro com agilidade. *Pause.*

— Uau... — Breno espantou-se com o golpe. — O ladrão é canhoto — observou.

— Caramba....

— Ai, meus santos... Ainda bem que a gente pegou o primeiro ônibus que tava passando e veio pro centro de novo. A cidade tá tão violenta! A gente não tá seguro nem no meio da tarde de um domingo de sol! Coisa horrível...

— Isso é que eu não tô entendendo, pessoal. — Américo seguia olhando para a imagem congelada na tela da televisão.

— O que que tu não tá entendendo, Palito? — Breno quis saber.

— Que tipo de roubo é esse? Agredir a vítima por causa de um celular, entrar num carro e sair correndo, como se tivesse roubado um milhão de reais...

— É verdade. Já ouviu falar nesse tipo de roubo, Bruce?

— Não, Chane. Ainda mais de celular. Hoje em dia é tão barato comprar um celular, todo mundo tem.

Américo retrocedeu as imagens e apertou o *play* para assistirem novamente.

Não perceberam nada que pudesse ajudá-los a entender o que tinha se passado, ou que lhes desse qualquer pista.

— Ai, guris, será que a gente não deveria ter ido lá ajudar o Adriano?

— Ele foi atendido em seguida, Chane — o cineasta tratou de acalmá-la. — Olha só quanta gente foi ajudar ele.

— Acho que ele mereceu.

Olharam para Breno.

— É isso mesmo — sustentou. — Acho que mereceu. Gente di... di... — finalmente lembrou a palavra — dissimulada merece esse tipo de coisa — afirmou em tom bélico. — Esse cara tava tentando nos roubar. Não tenho pena dele.

Américo e Arachane refletiram um pouco. Perceberam que o amigo não deixava de ter certa razão, por mais cruel que aquilo pudesse parecer. Para fugir um pouco daqueles pensamentos, Américo comentou:

— Eu deveria ter acionado o zoom...

— Traduz para o português, Palito — Arachane pediu.

— Eu devia ter aproximado mais a imagem. Talvez desse pra ver a placa do carro.

— Um Monza prata lasanha — afirmou Breno. — Vocês sabem, eu também gosto bastante de carros, sou muito observador pra carros.

— Peraí, peraí, Bruce! Eu não entendo muito de carros, mas tenho certeza que nunca ouvi falar em "carro lasanha" — Arachane interrompeu.

— Ah, carro lasanha é um carro cheio de massa.

— Massa? Massa de cozinha? — ela seguia confusa.

— Não, Chane — Américo resolveu intervir. — Massa é como chamam um tipo de conserto, um tipo de remendo que colocam em carro batido.

— Por isso Monza lasanha. — Sorriu Breno. — Mas podia ser um Monza maestro: a cada esquina um "concerto". Ou Monza tomara que eu chegue. Ou Monza religioso: depois que liga, é só oração. Ou Monza filme de terror: pede pra entrar, reza pra sair.

Riram.

— Ah, isso me faz pensar numa coisa. — Américo estalou os dedos. — Tinha alguém dentro do carro.

— O motorista, certo? Aquela lata velha não ia ser guiada por controle remoto, ok?

— Peraí, Bruce. O que tem o motorista, Palito?

— Significa que foram dois caras contra o Adriano. Não sei, não parece ser só um simples roubo. Tá esquisito. Parece planejado. E por que tanto planejamento só pra pegar o celular do cara?

> **O que parecia uma simples brincadeira está se tornando um mistério sério... Você está pronto para prosseguir?**

— Bom, talvez tivesse alguma informação no celular — Breno arriscou.

Nesse momento, Arachane levantou da cama, o rosto iluminado, os olhos distribuindo faíscas azuis.

— Já sei, guris! Claro!

Os outros dois aguardaram prendendo a respiração.

— Ele usou o celular pra fotografar a carta!

Eles avaliaram a descoberta por um momento. Tinha lógica.

— Mas tu não ficou conversando com ele o tempo todo? — Breno queria ter segurança de que a informação era precisa.

— Fiquei — ela confirmou —, mas ele me pediu um copo d'água. Quando fui na cozinha buscar, deixei a carta em cima da mesinha de centro na sala. Ele deve ter aproveitado pra tirar uma foto. Aliás, quando fui conversar com o Adriano e com a Fernanda, ele tava se exibindo com o tal celular novo.

— Ah, então foi isso! — Américo se sentiu um pouco mais aliviado. Tinha a sensação de estar diante de um imenso quebra-cabeça. Uma pequena pecinha acabara de ser colocada no lugar correto. — No fim das contas ele não decorou a carta nem as charadas. Ele fotografou e resolveu tentar descobrir o mistério sozinho.

— A primeira charada ele conseguiu — Breno constatou. — O cara até que é inteligente. Mas acho que a gente não precisa se preocupar mais com ele. — Soltou uma risadinha e imitou o soco de novo. — Adriano foi tirado do nosso caminho.

— Mas por quem?

A questão levantada por Arachane os devolvia para o misterioso roubo do celular. Mais alguém estaria atrás da lenda do tesouro farroupilha? Quem? Como? O que faria a seguir? As respostas para essas questões pareciam distantes e insolúveis.

— Calma, gente! — Américo tentava se manter tranquilo e, acima de tudo, procurava dar uma sequência lógica aos acontecimentos. — Já sabemos que o Adriano de certa forma roubou as informações da nossa carta. Aí ele descobriu o primeiro enigma. Tudo bem. Antes de ser agredido por aqueles caras, ele resolveu descer do trem, caminhou pela Sertório até a praça Navegantes. A gente sabe que ele mora aqui no centro. Foi fazer o que lá?

— Será que tava tentando resolver o segundo enigma? — Breno lembrou de Adriano sacando o telefone e erguendo o aparelho. — Lembram que ele tava com o celular na mão?

— Ele podia tá vendo a fotografia da carta arquivada no telefone — Arachane concluiu.

— Ou tirando uma fotografia — O jovem careca achou que fazia sentido.

— Não, bem capaz, Breno. Ele tava lendo a nossa carta.

— Bruce, ok?

— Ah é, Bruce. Vou precisar de um tempinho até me acostumar com teu novo nome. Aliás, teus pais já sabem que tu mudou de nome? Aposto que eles vão adorar também...

— Chane, olha aí na carta — pediu Américo. — Qual é a segunda charada?

— Nem preciso olhar, sei de cor. "Sobe e desce desde 1958." Bem esquisito, né?

Batidas na porta.

— Entra, mãe. — Américo sabia que era ela.

— Oi de novo, pessoal. — Verônica entrou segurando uma bandeja metálica. Sobre ela, uma jarra de vidro e três copos. — Nada melhor do que uma limonada suíça pra enfrentar esta tarde abafada.

— Pô, brigadão, tia! — Breno, sem nenhuma cerimônia, apanhou um copo e foi logo se servindo.

Arachane, mais contida, agradeceu e disparou:

— Dona Verônica, posso fazer uma pergunta de história, mesmo a gente já estando de férias?

— Claro, querida. O que é?

Américo e Breno se surpreenderam. Ficaram congelados.

— É sobre Porto Alegre — Arachane avisou.

— Pois não, querida. Pode falar.

A loirinha recolheu os cabelos para trás das orelhas.

— O que é que sobe e desce desde 1958?

Verônica olhou para o alto enquanto avaliava o problema. Porto Alegre, 1958, sobe e desce.

— A ponte do Guaíba — respondeu com naturalidade.

Nenhum dos três disse nada. Ela resolveu explicar:

— A ponte do Guaíba tem um vão móvel que sobe e desce. — Reforçou a explicação com gestos. — Quando um navio muito grande vai passar, a estrada é bloqueada, o vão móvel sobe, o navio passa, depois o vão móvel volta pro lugar — concluiu de forma bem didática.

O segundo enigma estava resolvido.

> **Procure pelo número 2 no mapa e veja onde
> fica a ponte do Guaíba.**

PETER E GÜNTER

Começou a chover. Pingos rápidos e enviesados. A temperatura despencou. A brusca mudança climática afugentou quase todos que tomavam sol, passeavam ou se exercitavam nas proximidades da Usina do Gasômetro, no centro de Porto Alegre. O estacionamento ficou praticamente vazio. Vagas de sobra à disposição do Monza prata com uma série de pontos cobertos de massa branca. O carro manobrou e parou de frente para o lago Guaíba. Parecia um grande animal metálico repleto de ferimentos.

Dentro do Monza, dois homens. O motorista usava paletó claro e chapéu-panamá branco, era magro e alto, a barba rala e grisalha. Devia ter uns setenta anos. O outro, o filho, um pouco mais baixo, e bem mais forte, tinha quase cinquenta anos e usava um boné vermelho. Começaram a conversar:

— Graças a Deus — falou Günter, o mais jovem.

— Pelo quê? — perguntou Peter, o mais velho.

— Pela chuva. Quem aguenta esse calor?

— É verão. É sempre assim. Não há o que fazer — disparou Peter, mal-humorado.

A chuva batia com força no para-brisa e tornava o mundo exterior uma imensa mancha cinzenta.

— Gostou do jeito como resolvi as coisas? — perguntou Günter.

— Tá falando daquele guri?

— Claro.

— Um bom soco.

— Um só — Günter lembrou, insatisfeito com a falta de entusiasmo do pai.

— Podia ter danificado o telefone do guri.

Olhou para o aparelho. Estava intacto e funcionando perfeitamente.

— Mas não danificou. Tá inteirinho.

Peter pediu que o filho investigasse o celular em busca de algo mais que pudesse ser útil.

— Tá — respondeu contrariado.

Peter tinha dor nas costas. Tô velho demais pra passar a noite dentro de um carro, pensou, recordando os acontecimentos que começaram a se desenrolar naquela tarde no museu Júlio de Castilhos.

Dividiu-se com o filho na tarefa de seguir os envolvidos. Por celular, pediu que Günter ficasse de olho nos três jovens sentados na praça da Matriz. Ele cuidaria da mulher de vestido vermelho, filha de um velho conhecido.

Para que não fossem percebidos, trocaram de alvo depois de um tempo. Günter ficou de plantão na frente do hotel onde a mulher havia entrado. Peter seguiu discretamente os três pré-adolescentes. Como eles se separaram, resolveu seguir a menina. Ela havia apanhado algo que a mulher jogara fora no lixo do pátio do museu. Ele não sabia o que era, mas preferiu confiar em seus instintos e seguir a loirinha. Ficou estacionado junto à porta do edifício por onde a menina passara. Observava cada pessoa que entrava ou que saía. Um casal de jovens chamou sua atenção. Apertaram o interfone e uma voz surgiu, vinda de uma janela alguns andares acima. Era a loirinha. Gritou que o porteiro eletrônico não estava funcionando muito bem, que pegassem a chave, e jogou-a.

Peter esperou. Esperou. Esperou. Por vezes saía do carro e circulava um pouco pela calçada para esticar as pernas. Ligava para Günter. Nenhuma novidade. Por volta das 11 da noite, o casal que estava na casa da loirinha saiu. Peter ficou ligado quando o rapaz explicou para a namorada por que tirara uma foto daquela carta — para ela, uma atitude sem pé nem cabeça.

Peter ouviu perfeitamente quando ele disse "lenda do tesouro farroupilha". Seu sangue se aqueceu e o corpo magro e frágil ganhou uma injeção de adrenalina. Seus palpites a respeito da lenda começavam a tomar formas reais. Soube na hora: precisava seguir o rapaz. Aonde quer que ele fosse. Sem se importar com o tempo que levasse.

Foi o que fez. Viu-o deixar a namorada na casa dela e o seguiu até o prédio onde ele morava, na Washington Luiz. Não era exatamente um lugar dos mais seguros para passar a noite. Por isso abriu o porta-luvas e apanhou o revólver calibre 38. Deixou-o mais à mão.

Passou o resto da noite de sábado e a madrugada de domingo dentro do Monza.

O telefone celular tremeu e gemeu uma música alta e divertida.
— Que diabo é isso? — perguntou Peter.
— Alguém chamando o guri.
— Desliga essa porcaria.
Em vez disso, Günter pressionou a tecla verde:
— Alô?
Peter deu um leve soco no volante. Odiava ser desobedecido.
— Quem tá falando? — A voz do outro lado parecia furiosa.
— Eu — divertiu-se Günter.
— Eu quem?
O homem do boné vermelho tapou o bocal do aparelho e cochichou para o pai:
— Acho que é o guri.
Ele estava certo. Adriano usava o telefone da namorada para ligar para o seu celular.
— Foi tu que roubou meu celular? — A indignação era feroz.
— Eu mesmo. — Günter fez força para não rir. — Algum problema, guri?

— Já chamei a polícia. Vou te pegar!

— Chamou nada, guri. Vai me pegar nada — disse indiferente.

— Eu vou te pegar! Eu vi a tua cara!

— Pessoas nocauteadas não veem nada — Günter comentou com frieza.

E desligou.

A jarra de limonada suíça estava vazia.

Américo, Arachane e Breno seguiam conversando sobre os acontecimentos do sábado e do domingo. Quem era a mulher? Por que se livrara da carta? Existiria mesmo tal tesouro farroupilha? Quem eram aqueles dois homens que agrediram e levaram o celular de Adriano? Adriano sabia de alguma coisa que eles desconheciam? E os caras do Monza prata?

— Uma coisa eu não tô entendendo. — Breno estava escorado junto ao vidro da janela. Chovia. — O que que Porto Alegre tem a ver com a Revolução Farroupilha?

— Foi aqui que começou — Américo lembrava-se do que já havia ouvido a respeito. — Foi onde aconteceu a primeira luta entre os revolucionários e os imperialistas. Lembro bem disso porque também já pensei em fazer um filme sobre o assunto. Mas confesso pra vocês que preferia fazer o curta-metragem sobre o Gigante.

— Depois, Palito, depois — Arachane tentou ser prática. Abriu a carta sobre a cama. — Acho que nossa investigação está indo muito bem. — A exemplo de Breno, ela também gostava de usar a palavra "investigação": tornava tudo mais divertido, embora os últimos acontecimentos tivessem contornos bem mais sérios do que lúdicos. — Já temos as duas primeiras respostas. Faltam só mais seis — tentava contagiar os outros com uma boa dose de otimismo.

— Sim, e daí? — Breno parecia imune ao otimismo dela.

— Bem... as coisas... vão ficar... mais fáceis — tentou argumentar. — Ter duas respostas é melhor do que não ter nenhuma, né, Breno?

— Bruce.

— Né, Bruce?

— Isso é verdade — o garoto concordou. — O que diz a terceira charada?

Arachane leu:

— "Um pedacinho do palácio de Versalhes".

— Palácio de Versalhes? — Breno estranhou. — Eu conheço o palácio Piratini. Fica aqui no centro, do lado da catedral.

— Pois é. — Arachane também desconhecia o tal palácio. — Sabe onde fica, Palito?

— Acho que eu já ouvi falar, mas não lembro direito. Só sei que não fica aqui em Porto Alegre, nem no Brasil. — Apertou o botão redondo e ligou o computador. — Vamos procurar na internet.

— "Um pedacinho do palácio de Versalhes" — Breno repetiu. — Pedacinho? Será que veio um pedacinho desse palácio pra cá? Foi destruído em alguma guerra? Tá em algum museu?

— Não sei, Bruce — a loirinha respondeu. — Esse pai escreveu umas charadas bem difíceis. Aposto que a filha não entendeu nada, por isso jogou a carta fora. Por que será que ele escreveu desse jeito? Se o meu pai fosse fazer uma coisa dessas, eu ia odiar se ele colocasse umas charadas tão complicadas. Por que será que ele não facilitou?

— Talvez ele fosse um pai mala — Breno riu. — O cara incomoda mesmo depois de morto! Bota mala nisso.

— É verdade... — Arachane concordou. — Só se... — De súbito, uma ideia tomou conta dela. Os olhos azuis ficaram ainda maiores. — Só se ele tivesse medo de que alguém mais visse a carta!

— Alguém mais, quem? Nós? — Breno debochou.

— Os caras que pegaram Adriano — ela falou com voz firme.

Breno passou as mãos pela careca. Tentava achar algo para responder. Balançou a cabeça para cima e para baixo. Ele não era do tipo orgulhoso, não tinha problemas em reconhecer quando um dos amigos tinha razão, e o que Arachane falara parecia bem coerente.

— Vamos ver — disse Américo acessando o site de busca. Digitou: "Porto Alegre palácio de Versalhes".

A primeira coisa que descobriram foi que o palácio ficava na França, na cidade de Versalhes, próxima a Paris.

— Eu sabia que não ficava no Brasil — comentou Américo. Clicou em outro link.

Dizia que o palácio tinha começado a ser construído em 1664 pelo rei Luís XIV, que tinha duas mil janelas, setecentos quartos, 1.250 lareiras, setecentos hectares de jardins e mais uma série de dados incríveis.

— Porto Alegre não tem nada tão grande assim — Breno assegurou.

— A carta fala em um pedacinho — Américo lembrou-o.

Seguiram pesquisando. No quinto link observaram que as palavras "Porto Alegre" e "palácio de Versalhes" estavam em negrito. Clicaram. Ali estava a resposta.

A chuva parou. O vento começou a empurrar as enormes nuvens para longe do lago Guaíba. Pontos azulados começaram a surgir em diferentes trechos do céu. Até mesmo raios de sol se insinuaram pelas brechas cinzentas. O Monza prata seguia estacionado junto à Usina do Gasômetro.

— Tempo mais louco. — Foi o comentário de Günter, baixando o vidro. O ar estava mais fresco.

— Não consigo ler nesse negócio. — Peter aproximava e afastava dos olhos a tela do celular. Tinha óculos, mas quase nunca se lembrava de usá-los. Não conseguia admitir que sua visão perdera a qualidade.

— É, as fotos que o guri tirou não são grande coisa, mas dá pra ter uma boa noção da tal carta. Laçador, ponte do Guaíba, agora esse negócio de Versalhes. Que porcaria será essa?

— A gente devia só ter seguido o guri como eu falei — Peter resmungou. — Ver o que ele conseguia.

— Acha que aquele guri ia saber todas as respostas?

— Descobriu as duas primeiras, não foi?

Günter foi obrigado a concordar. Para ele, o maior problema naquilo tudo era ficar sentado esperando:

— "Um pedacinho do palácio de Versalhes" — leu. — Parece uma grande palhaçada, um jogo idiota. Acho que devemos agir.

Peter baixou o vidro do carro do seu lado e respirou fundo. Não deu ouvidos ao filho.

— O que será que aquele safado fez?

— Quem?

— O Tobias.

— Ah, o cara que escreveu a carta?

— Sim.

— O teu amigo?

— Não era meu amigo. Um conhecido, digamos.

— Um conhecido que tava doente, um moribundo que inventou essa história de tesouro? — Günter gostava de ação. Detestava a espera, a dúvida.

— Tobias já havia comentado sobre a lenda do tesouro farroupilha bem antes de ficar doente. É uma história de família. Ele nunca deu importância. Foi no fim da vida que voltou a se interessar pelo assunto.

— E aí não disse mais nada?

— Exato.

— Aí resolveu escrever esses enigmas pra filha?

— Provavelmente.

— E por que será que ele tratou de esconder as coisas dessa maneira?

— Esconder a tal lenda? Da filha?

— É. Por quê?

— Por causa de gente como nós. — Peter foi sincero. — Vamos voltar ao plano original — determinou.

Os três amigos, encantados, observaram algumas fotos da hidráulica Moinhos de Vento.

— É de 1927 — leu Arachane. — Foi inspirada nos jardins do palácio de Versalhes.

— Pô, nunca fui lá — Breno constatou. — Lugar bem bacana.

— Muuuito show. Olha só essa torre!

— Tem uma galeria de arte dentro. Será que essa galeria de arte tem a ver com a lenda?

— Sei lá, Bruce. — Arachane ia clicando nos ícones da tela do computador, abrindo novas fotos dos prédios que compunham o complexo da hidráulica. — O bom é que já temos três respostas. Três!

— Mas alguém aqui faz ideia de onde é que a gente vai chegar depois de responder a todos os enigmas?

Não houve resposta imediata para a questão, e Breno pediu:

— Fala alguma coisa, Palito.

> **Procure pelo número 3 no mapa e veja onde fica a hidráulica Moinhos de Vento.**

Américo mexia em seus equipamentos. Havia retrocedido toda a fita, desde o momento em que tinham se encontrado no museu Júlio de Castilhos no dia anterior.

— Bom, Bruce — disse o cineasta —, a Chane tá certa. Já temos um bom começo. Três respostas. Já sabemos que Porto Alegre tem relação

com a Revolução Farroupilha. Acho que a gente precisa responder todas as charadas e depois descobrir um jeito de decifrar esse mistério sobre a tal lenda.

— Se é que é verdadeira — Breno lembrou.

— Tenho certeza que é. Posso apostar. — Arachane estava convicta.

— E eu aposto que aquele cara que bateu no Adriano também está atrás dessa lenda. Eu só não sei direito como é que ele, ou eles, chegaram no Adriano...

Américo colocou a imagem em *pause*. Virou para os amigos. Seu rosto refletia preocupação.

— Ei, pessoal, se esses caras tão mesmo atrás da lenda do tesouro farroupilha e chegaram no Adriano, acho que... — parou. Precisava escolher bem as palavras. Não queria assustá-los, mas já estava assustado.

— Acha o quê, Palito? — Uma ruga formou-se no centro da testa de Breno.

— É, Palito, fala logo de uma vez, não deixa a gente morrendo de curiosidade — pediu Arachane.

— Eu acho que esses caras podem vir atrás de nós.

MAIS UMA RESPOSTA

A noite de domingo foi chuvosa e fria, uma ilha climática improvável dentro do verão porto-alegrense.

Em seu quarto, antes de apanhar o telefone, Breno imaginou se devia pensar em algo para dizer. Um segundo depois veio a resposta: nããão. Estava acostumado a agir no impulso e depois ver o que acontecia. Era a sua maneira de descobrir as coisas, de se aventurar no mundo.

Digitou os oito números com calma para não errar. A linha estava livre. Não percebeu, mas o coração aumentou o ritmo. Lembrava-se bem de Débora. Da sua altura, de ser talvez um pouco mais velha, 14 ou 15 anos, cabelo preto, olhos escuros e sorriso ornado com covinhas. Alguém atendeu.

— Alô? — Uma voz de mulher.

— Oi, é a Débora? — Gostou do tom de voz que usou. Saiu forte e destemido, sem chegar a ser autoritário ou arrogante.

— Como é?

— Débora? — Insistiu, pensando que a mãe da menina tivesse atendido ao telefone.

— Não. Aqui é a Sabrina.

— Sabrina? Esse não é o telefone da Débora?

— Não.

— Qual é o número? — Talvez tivesse apertado uma tecla errada.

A mulher repetiu o número com certa má vontade. Conferia com o que ele tinha.

— Aqui não tem nenhuma Débora — a mulher acrescentou.
— Ah...
— Eu faço doces e salgadinhos. É uma encomenda?
— Não... — lamentou-se. — Desculpe, foi engano.

A ligação foi cortada. Breno ficou ouvindo o tu-tu-tu-tu. "Sacanagem", pensou.

Em seu quarto, Arachane escreveu os enigmas da carta no lado esquerdo de uma folha sulfite em branco. No lado direito, as respostas que tinham. Três até aquele momento. Ouviu o telefone tocar e correu para atender. Karine, sua mãe, foi mais rápida. Aproveitou para sentar no sofá ao lado da irmã. Iara assistia televisão mais deitada do que sentada, os pés sobre a mesinha de centro. Trocava de canal com aborrecimento. Já havia percorrido todos e nada lhe agradava. Mesmo assim continuava sua ronda, na esperança de que algo chamasse sua atenção.

— Oi, mana — Arachane começou.
— Hmmm...
— Tá vendo o quê?

Iara sacudiu os ombros.

— Tevê no domingo é um saco, né?
— Hmmm.
— E os teus amigos?
— Ãh?
— A Fernanda e o... Adriano?
— Que que tem?
— Eles não vêm aqui hoje?

Iara balançou a cabeça para os lados: não.

— Por quê?
— Ãh?
— Aconteceu alguma coisa? — arriscou Arachane. — Vocês tão sempre juntos.

— Hmmm... — Iara não a escutava. Tinha maior interesse em sua tarefa de garimpar algo para assistir.

Arachane levantou e ficou na frente do televisor, mãos na cintura.

— Sai — Iara mandou.

— Perguntei se aconteceu alguma coisa.

A irmã mais velha respirou fundo, inclinou o corpo tentando ver nem que fosse um pedaço da tela.

— O Adriano foi assaltado hoje — Iara respondeu, sem parar de trocar os canais.

— É mesmo? Como foi? Quer dizer... aconteceu alguma coisa? Levaram... alguma coisa dele?

— Já respondi, agora dá licença.

Arachane deu um passo para o lado.

— Aconteceu alguma coisa? Ele tá bem?

— Tá, tá. Levaram só o celular. Agora some.

No seu quarto, Américo revia as imagens feitas desde o momento em que Breno apareceu com a cabeça completamente raspada no museu Júlio de Castilhos até a cena em que Adriano foi derrubado com um soco. Nada parecia fora do lugar. Resolveu assistir tudo de novo. Mais uma vez não percebeu nada em especial que pudesse auxiliar na investigação que realizavam. Voltou ao ponto de partida. Dessa vez resolveu olhar apenas para o que não era importante.

Foi aí que enxergou.

— Caramba... isso não pode ser coincidência — falou em voz alta. — Nem aqui nem na China.

No museu sua câmera havia captado um homem de paletó claro e chapéu-panamá branco. Depois, junto à catedral Metropolitana, um homem de boné vermelho. As imagens feitas no domingo captaram, de novo e sem querer, o homem do paletó claro e chapéu-panamá branco. O chapéu destacava-se entre as pessoas que admiravam a estátua do Laçador. Pouco depois, quando seguiam Adriano, Américo registrou o momento da agressão, feita por um homem de boné vermelho.

— Caramba... caramba... caramba...

Um arrepio borbulhou em seu estômago. Não teve dúvidas. Aqueles dois haviam entrado no jogo. Era óbvio que também estavam atrás de informações sobre a lenda do tesouro farroupilha. E, pelo visto, não faziam o tipo delicado.

> **Teve medo? Se você fosse Américo, o que faria?**

Breno, ainda chateado, abriu a geladeira. Um pouco de refrigerante para animar. Flora, a mãe, observou-o. Até pensou em dizer algo sobre as propriedades dos refrigerantes e seus efeitos maléficos, mas diante do rosto abatido do filho poupou-o de um discurso que os dois conheciam muito bem.

— *Alles gut*?

— Ãh-rã.

— Que foi, filho?

— Nada, mãe. — E se serviu. Copo grande.

— Até parece que eu não te conheço, filho. — Aproximou-se e beijou-o na careca.

Ele se encolheu.

— Tua cabeça era bem assim quando tu era bebê — divertiu-se. — A coisa mais amada.

— Sei — resmungou, experimentando um grande gole.

— Vai contar pra mim ou vou ter que te espremer? — Aproximou-se de Breno com as mãos à frente do corpo.

O garoto riu, fazendo a volta na mesa para se proteger.

— Tá, eu conto, eu conto!

— Assim é que se fala, meu filho. Vai, conta por que essa cara borocoxô.

Breno limpou a garganta. Precisava pensar rápido. Não tinha vontade de comentar sobre como a guria do trem o havia feito de bobo. Achava humilhante demais.

— Fala, Breno — ela incentivou.
— Não é nada, mãe. Eu só...
— Só o quê?
— Tava pensando numa resposta pra... pra uma charada.
— Charada? Que charada, filho?
— Ah, um negócio que eu li... na internet...
— E como é que é a tal charada?
— "O que tem tudo o que se procura."
Flora pensou.
— Alguma pista?
Breno disse que tinha a ver com Porto Alegre.
Flora sorriu:
— O Mercado Público.
— Ãh?
— Claro, filho, eu e o teu pai sempre compramos coisas lá. Tem de tudo.
— É — ele concordou. — Pode ser. Mercado Público.

Flora sabia que havia algo mais que ele não havia dito. Achou melhor não insistir. Pelo menos naquele momento. Breno retornou para seu quarto. Mercado Público, Mercado Público, pensava. Precisava ligar para os amigos.

> **Procure pelo número 4 no mapa e veja onde fica o Mercado Público.**

Arachane deixou a irmã mais velha em paz. Não conseguira nenhuma informação útil. Nada que já não soubesse. Viu a mãe desligar o telefone e ir para o quarto. Percebeu na hora: problema. Foi atrás e encontrou Karine sentada na beira da cama.

— Que foi, mãe?

— Era o teu pai, Chane.

Sentiu um aperto no coração. O rosto da mãe não transmitia notícias boas. Muito pelo contrário.

— Que foi que aconteceu, mãe?

— Ele ligou agorinha. A esposa dele...

— Que foi?

— Teve que fazer um parto de emergência...

— Como é que ela tá?

— Ela tá bem, mas o bebê...

— Que que tem... — Sentiu o rosto encharcar-se de fogo. — Meu irmãozinho nasceu? Ele tá legal?

— É prematuro. Tá na UTI.

— Mas vai ficar bom, né, mãe?

— Não sei, Chane. — Abraçou a filha. — Tão pequenininho, coitadinho.

— Vamos rezar, mãe.

Naquele momento a investigação em que Arachane estava metida perdeu toda a importância. Nem sequer foi lembrada.

— Este telefone está sempre ocupado! — Américo resmungou.

Estava louco de vontade de contar para Arachane o que seus vídeos revelavam. Ouviu batidas na porta.

— Entra, mãe.

Verônica entrou segurando uma colcha.

— Tempo mais louco — comentou e já começou a estendê-la sobre a cama do filho.

— É, esfriou.

— Diz uma coisa, filho. Eu e o teu pai ficamos curiosos com aquela história da ponte do Guaíba. É algum jogo, uma gincana?

Américo gaguejou um pouco antes de falar:

— É, mais ou menos... A Chane que achou umas charadas... um negócio sobre... sobre... — hesitou. Deveria contar para a mãe o que tinham encontrado?

— Fala, filho.

— Não, não é nada... ela falou... leu sobre uma tal lenda...

— Que lenda?

— Sobre um tesouro farroupilha. Já ouviu falar, mãe?

Verônica dobrou a parte de cima do lençol sobre a colcha.

— Filho — começou ela. — Já se escreveu e se falou muito sobre a Revolução Farroupilha. Tem tanta história, meu filho! Lendas também. A maioria é invenção, outras tantas não têm base histórica pra que sejam comprovadas. Agora, lenda sobre um tesouro dos farroupilhas nunca ouvi.

— Ãh-rã.

— Mas quem é que falou dessa lenda, filho?

— Ah, não sei direito. Vou falar com ela amanhã e vejo se descubro mais alguma coisa.

— Me fala, tá?

— Pode deixar.

Américo foi desligando seus equipamentos com a certeza de que a única pessoa que poderia falar mais sobre a lenda farroupilha era a mulher que jogara a carta fora.

VOCÊ SABIA?

Inspirados nos ideais libertários da Revolução Francesa, os ideais da Revolução Farroupilha eram "Liberdade, Igualdade e Fraternidade". Eles estão gravados no brasão da bandeira do Rio Grande do Sul.

Em um bar na Cidade Baixa, Peter e Günter comiam pizza e bebiam cerveja. Dezenas de jovens preenchiam todas as mesas, o que os deixava praticamente deslocados no item idade.

— Desisto! — O homem do boné vermelho desligou o celular de Adriano e o guardou no bolso. — Essas charadas estão me dando dor de cabeça. Tem certeza que isso tudo quer dizer alguma coisa que preste?

Peter terminou de mastigar um pedaço da fatia sabor "alho e óleo" antes de responder ao filho.

— Certeza a gente nunca tem, mas que o finado Tobias falou mais de uma vez nesse tal de tesouro, falou — garantiu o homem de terno claro e chapéu-panamá branco.

— Ele não mostrou nenhum mapa ou algo parecido?

— Não. — Provou a cerveja. Amarga e gelada. Como gostava. — Ele comentou muito por cima e, depois que se descobriu doente, parou de falar.

— Mas vocês não eram amigos? Tu não conseguiu arrancar nada dele?

— Éramos vizinhos. Tem uma diferença muito grande entre amigo e vizinho. E como eu já expliquei, ele comentou o assunto por cima.

Sempre que eu apertava ele e dizia "mas me fala mais sobre esse tesouro!", ele desconversava, repetia que era besteira do pai dele e mudava de assunto.

Günter analisou a informação, apesar de já ter ouvido aqueles detalhes antes. Experimentou um pedaço da "mafiosa". Falou com a boca cheia:

— Tu devia ter apanhado a carta do lixo.

— Já falei, não vi quando ela jogou fora! Se tivesse visto, claro que eu tinha pego. Mas, de qualquer maneira, a carta é grego pra nós. Ou será que tu que já leu ela quinhentas vezes aí no telefone do guri descobriu alguma coisa?

— Pior que não. Eu digo o que temos que fazer. — Günter bebericou sua cerveja e inclinou o corpo para a frente a fim de não correr o risco de ser ouvido por mais ninguém além de seu pai. — Temos que pegar essa mulher, a filha do finado Tobias, e forçar a barra.

Peter balançou o dedo ossudo no ar.

— Não, não. Sabe por quê? Porque não vai adiantar. Ela também não sabe de nada. Se soubesse, não teria jogado a carta fora. Precisamos ter paciência. Esperar, continuar seguindo os envolvidos. Talvez eles façam o trabalho pesado pra nós.

Günter preferia resolver as coisas a seu modo. Preferia tirar todos do caminho, como fizera com Adriano.

REDENÇÃO

Para a surpresa de Américo, Breno foi o primeiro a ligar naquela fria manhã de uma segunda-feira de janeiro. Normalmente ele era o último do trio a acordar. Primeiro havia tentado na casa de Arachane, mas o telefone estava ocupado. Achou que era algum defeito. Depois ligou para Américo e foi logo dizendo "Mercado Público, Mercado Público!", antes mesmo de dar um oi. A resposta para o quarto enigma o tinha deixado aceso.

— Tentei ligar ontem, mas os telefones de vocês tavam sempre ocupados, o teu e o da Chane! — explicou Breno. — A Chane ainda não tem celular e o teu tava desligado.

— Acabou a bateria — Américo esclareceu. — Eu também te liguei, mas só dava ocupado.

— O telefone aqui de casa ficou um tempão ocupado porque meu pai ficou conversando com um primo dele, parece que estão pensando em abrir uma filial do Muda Verde na zona sul, vê se pode...

— Nem me fala em zona sul...

— Cara, a zona sul é legal, tu vai ver só.

— É... pode ser. Escuta, com aquela confusão toda eu esqueci de perguntar. Ligou pra guria?

— Que guria? — Breno tentou desconversar.

— A do trem.

Pensou um pouco no que dizer.

— Ela me deu o telefone errado. — Escolheu ser direto, como sempre.

— Caramba... sério?

— O número era de uma mulher que faz doces e salgadinhos pra fora.

Américo espremeu uma risada.

— Pelo menos eu tentei — Breno afirmou, conformado.

— É, tá certo. Outra coisa. Tu soube o que aconteceu? — e falou sobre o nascimento prematuro do irmãozinho de Arachane e de como eles estavam em constante contato com o pai dela em Rosário do Sul.

— Puxa... que saco...

— A Chane me contou que tá tudo na mesma. Os médicos dizem que é preciso esperar.

— Troço chato, vamos torcer. Pô, mas achei que tu ia ficar mais alegre com esse lance do Mercado Público. — Não queria parecer insensível, mas a descoberta da resposta para a nova charada o deixara eufórico.

— Achei legal pra caramba, Breno.

— Bruce.

— Ah é, esqueci. Muito legal mesmo... Bruce.

— Nossa investigação tá chegando cada vez mais perto do fim. São oito enigmas. Já descobrimos quatro. Metade, cara! Daqui a pouco a gente descobre se esse negócio da lenda é de verdade mesmo. Sabe o que a gente podia fazer agora?

— O quê, Bruce?

— Dar um pulo no Mercado Público. Quem sabe a gente não descobre uma pista lá?

— Hmmm...

— Que foi, Palito?

— Vou pesquisar na internet sobre a Revolução Farroupilha e sobre Porto Alegre, quero ver se encontro alguma coisa que nos ajude. A Chane, acho que vai querer ficar em casa, com essa função do irmãozinho dela.

— Ah, que pena.

— E lembra o que eu te falei sobre os dois caras, aqueles? Eles aparecem mais de uma vez nas minhas imagens. Não é coincidência nem aqui nem na China. Tu viu o que eles fizeram com o cara, o Adriano. Acho que a gente virou alvo.

— Não tenho medo deles, ok? Vou lá no Mercado Público.

— Tem certeza?

— Claro que tenho. Se conseguir, avisa a Chane que descobri a quarta resposta.

— Pode deixar. Vai lá, dá uma boa olhada e depois conta se descobriu alguma coisa. Vou avisar a Chane que tu achou a quarta resposta.

— É, vou fazer isso, sou um cara de ação!

— Ah, e Bruce?

— O quê?

— Toma cuidado.

Breno riu.

Peter ligou para o filho.

— Alguma novidade? — perguntou.

— Nada ainda. A guriazinha não saiu de casa — respondeu Günter, apoiado em um muro na frente do prédio de Arachane. — Tem certeza que a carta tá com ela?

— Claro que tenho — resmungou. — Ela parece ser a líder da gangue. Fica de olho.

— Trabalho chato — Günter suspirou. — E tu?

— Resolvi fazer uma pequena alteração no meu plano. Depois da nossa conversa de ontem, achei melhor fazermos certos ajustes.

— Oba! Enfim novidades. O que é?

— Um tiro no escuro — Peter respondeu. — Mantenha tua posição. Vou ligar para o hotel onde a mulher tá hospedada.

Breno desceu a pé até o Mercado Público. Uma caminhada de uns poucos minutos. Ventava e, por vezes, ele sentia minúsculas gotas de chuva. Tinha cara de um dia de inverno em pleno verão. Enquanto descia a avenida Borges de Medeiros, olhava para as pessoas a sua volta, especialmente quem estivesse usando algo sobre a cabeça que não fosse guarda-chuva ou sombrinha.

Tomara que um daqueles caras apareça na minha frente, pensava Breno, os punhos fechados e afastados do corpo. Tô numa missão muito importante, nada nem ninguém pode me deter, prometia a si próprio. Eu sou duro de matar.

Lembrou de Débora e de como ela o havia enganado. Ela não sabe o que tá perdendo, convenceu-se. Lembrou também do irmão nos Estados Unidos, trabalhando clandestinamente em um restaurante. Ele também não sabe o que tá perdendo, pensou, referindo-se à investigação que realizava. Mas desta vez não demonstrou muita convicção. É que adoraria estar com ele.

Fez a volta pelo lado externo do prédio de 1869 construído em estilo neoclássico. A grande movimentação de sempre, de gente e de ônibus. Entrou e começou a circular por entre as bancas: artigos religiosos, carnes, peixes, lotérica, padaria, bares, restaurantes, frutas, verduras, revistas, temperos os mais variados, bebidas. Nada que pudesse se encaixar com um tesouro da época da Revolução Farroupilha.

Em uma das quinas do prédio de dois andares encontrou uma lojinha de assistência aos turistas. Como os pingos de água lá fora se tornaram mais insistentes, resolveu esperar por ali. Olhou folhetos sobre as mais variadas atrações em Porto Alegre. Sobre o balcão, bloquinhos com as tabelas e os horários dos ônibus da Carris, empresa viária de

Porto Alegre que levava a fama de ser a mais antiga do país, e uma pilha de mapas da cidade. Perguntou se podia apanhar um. Claro. Leu: "mapa de orientação turística de Porto Alegre". Observou a cidade colorida de um marrom bem clarinho, as ruas de branco, avenidas em preto, as ilhas em verde e o lago em azul. Pontos verdes dentro do mapa representavam alguns parques: Marechal Mascarenhas de Moraes, Moinhos de Vento, Farroupilha, Germânia, Jardim Botânico. Virou a folha. Dois mapas menores, um da área central e outro, parcial, da zona sul.

Breno não sabia, mas tinha acabado de colocar nas mãos a resposta do mistério.

> **Como mapas da cidade podem ajudar a decifrar o mistério? Guarde bem esta informação e reflita sobre ela!**

O homem de paletó claro e chapéu-panamá branco ligou para o hotel e perguntou pela senhora Jamila Kayser.

— Diga que é o senhor Saulo — mentiu. — Sou amigo do falecido pai dela — acrescentou.

— Um momento, por favor.

Peter tentaria uma jogada de risco. Aguardou poucos segundos e ouviu a voz dela.

— Alô?

— Senhora Jamila?

— Sim, pois não?

— Aqui quem fala é o Saulo, eu era amigo do seu Tobias.

— Do meu pai?

— Isso mesmo. — Peter tentava colocar um tom cordial na voz.

— Ah, certo.

— Olha, antes de mais nada, meus sinceros pêsames.

— Obrigada...

— Uma perda irreparável, devo acrescentar.

— Pois é...

— A senhora não deve me conhecer, nem se lembrar de mim.

— De fato não me lembro do seu nome.

— Eu e o seu Tobias nos tornamos muito próximos depois que a senhora foi morar no exterior, por isso a senhora não me conhece.

— Ah, sei...

— Ele me falava muito bem da senhora. Ele, na verdade, era uma pessoa muito especial. Meu Deus, se era! Eu o visitava quase diariamente no período em que ele estava no hospital.

— Pois não...

— Foi um período muito triste, mas eu tratei de tentar tornar as coisas mais amenas para ele. Câncer é uma doença terrível.

— É verdade. Terrível...

— Mas ele não chegou a perder o humor. Gostava muito de falar na família.

— Sei...

— É. Falava muito na senhora, na falecida esposa, em coisas de família.

— Claro.

— Falou tanto na família que eu até me sinto um membro dela. — Soltou uma risadinha.

— Pois não...

— Falou nas coisas que ia deixar para a senhora. Até me pediu para auxiliá-lo com algumas coisas.

— É mesmo? Que coisas?

— Nada demais, não se preocupe. Papelada em geral, cartório, essas coisas. Ele queria deixar tudo em dia para a senhora.

— Que estranho, eu sei que ele contratou um advogado, o doutor Alexandre, para cuidar de tudo. Não falou nada sobre o senhor.

Peter tentou controlar a surpresa para seguir com sua farsa.

— Ah, isso era bem típico dele. O seu Tobias não gostava muito de falar. Acho que nem comentou sobre a doença com a senhora.

Ela pensou um pouco. Teve que concordar.

— De fato. Deixou pra falar... — Precisou respirar fundo para não chorar. — Ele deixou pra falar só quando já não havia mais nada a ser feito, quando já estava no leito de morte. Velho teimoso. — Tentou fazer uma brincadeira.

— É, sim. — Peter forçou uma risadinha. — Mas pensava muito na senhora. Ele queria que a senhora não tivesse que se preocupar com nada quando chegasse do exterior, queria que tudo estivesse em ordem. Ajudei a deixar as coisas todas em dia.

— Ah, que bom, obrigada.

— A senhora chegou a receber aquela carta? — arriscou.

— Carta? — ela pensou e logo lembrou. — Sim, recebi.

Peter esperou que ela continuasse, mas ela não comentou mais nada.

— Ah... a senhora então... — Precisava ter cuidado com as palavras. Não podia assustá-la ou fazê-la desconfiar de suas reais intenções. — Bom saber que a senhora recebeu a carta. Ele me disse que era algo muito importante.

— Falou? — Ela não desconfiou do súbito interesse dele. — Coisa de família. Nada demais. Escute, como é que o senhor sabe onde eu estou hospedada?

— Infelizmente não pude comparecer ao enterro. Eu estava fora da cidade. Outros amigos em comum me disseram onde a senhora estava. Fiz questão de telefonar para expressar meus sentimentos.

— Ah, muito agradecida. Eu tenho coisas a fazer agora. Se o senhor não se importa...

— Claro que não. Imagina. Foi um prazer falar com a senhora.

Despediram-se.

O tiro no escuro de Peter não havia surtido o efeito esperado.

Quando Jamila chegou em Porto Alegre, o pai estava em coma. Morreu na manhã seguinte. Poucas pessoas compareceram ao enterro. Uns poucos vizinhos, antigos conhecidos. Ela não conseguia se lembrar de nenhum Saulo.

Enquanto aguardava notícias do seu pai, Arachane tentou se concentrar novamente na lista de enigmas. Acrescentou na coluna da direita da folha sulfite o Mercado Público. Releu as três primeiras respostas: estátua do Laçador, ponte do Guaíba, hidráulica Moinhos de Vento. Agora, o Mercado Público. Tudo tem explicação, lembrou-se das palavras da mãe.

Releu a quinta charada: "Tem dois nomes e muito ar puro". Não tinha a mínima ideia. Apanhou a carta. Passou os olhos. Fixou-se em um determinado ponto:

De qualquer forma, caso eu já tenha partido quando regressares, deixo uma listinha de coisas para descobrir sobre tua terra natal.

É tudo memória, minha filha.

E quando não vamos atrás da memória ela deixa de acontecer, desaparece.

— Ele quer que a filha se recorde de Porto Alegre.... — falou para si mesma em voz alta e com certa tristeza. — Será que é só isso? E a lenda? E o tesouro?

Procurou na prateleira um livro que falasse sobre história. Lembrou-se de ter estudado um pouco da história do Rio Grande do Sul no quarto ano. Em meio a uma pilha de livros, revistas e cadernos velhos encontrou o seu livro de geografia, a capa verde, o mapa do Rio Grande do Sul projetando-se do Brasil. *Rio Grande do Sul: espaço e tempo*. Siziane Koch. Começou a folheá-lo com urgência. Páginas coloridas, desenhos, mapas, gráficos, fotografias. Pronto. Ali estava: página 86. "A Guerra dos Farrapos ou Revolução Farroupilha". Começou a ler. Relembrou quem eram os farrapos, os liberais, os conservadores, reviu os mapas da movimentação dos rebeldes, a invasão de Santa Catarina. Observou com interesse a reprodução da pintura *A batalha dos Farrapos*, de Wasth Rodrigues. Homens montados em cavalos e outros no campo empunhando espingardas com baionetas caladas.

— Onde é que o tesouro entra nessa história? — perguntou-se intrigada, em voz alta. E foi além: — Onde é que Porto Alegre entra nessa história?

Sacudiu a cabeça para os lados. Seguiu folheando o livro. Na página 189 parou para olhar fotografias de alguns pontos turísticos da cidade: "Barcos de turismo ancorados no Guaíba". "Entrada do Jardim Botânico". "Usina do Gasômetro, onde funciona um centro cultural". "Catedral Metropolitana". "Rua da Praia". "Avenida Beira-Rio". "Feira do Livro". "Vista geral do parque Farroupilha ou Redenção".

Mesmo muito preocupada com seu pai e com seu irmãozinho recém-nascido hospitalizado, Arachane soltou um grito. "Tem dois nomes e muito ar puro". Só podia ser o parque Farroupilha!

VOCÊ SABIA?

As principais causas da Revolução Farroupilha foram as reclamações dos estancieiros acerca dos altos impostos cobrados pela venda do charque, então o principal produto produzido no Rio Grande do Sul, para outros Estados: o charque vindo do Uruguai e da Argentina pagava taxas menores. Os gaúchos também discordavam da forte interferência política exercida no Estado pelo governo central imperial com sede no Rio de Janeiro. Tal interferência não se traduzia em soluções para problemas importantes: o dinheiro dos impostos pagos pelos gaúchos, por exemplo, não era aplicado no Rio Grande do Sul.

Jamila Kayser cruzou o saguão do hotel. Usava um vestido azul-marinho e óculos escuros. De uma das confortáveis poltronas ergueu-se um homem de terno e gravata, pouco mais de quarenta anos. Cumprimentaram-se.

— O senhor foi muito bem recomendado — ela disse com um sorriso contido.

— Ah, obrigado. A senhora não precisa se preocupar com nada. Meu escritório está dando prioridade para o inventário do seu pai.

— Às vezes eu acho que deveria ter ficado no apartamento de papai... — queixou-se ela.

— Acho que a senhora fez muito bem em ficar no hotel. A senhora está mais bem acomodada e, tenho certeza, está com a cabeça um pouco mais concentrada nas questões práticas. Caso ficasse no apartamento do seu falecido pai, a senhora ficaria muito afetada pelo emocional, talvez não conseguisse manter o foco na resolução da situação toda. E esse é seu objetivo, conforme a senhora me comunicou, certo?

Ela suspirou:

— De fato, doutor Alexandre, de fato. Só que às vezes é difícil manter a cabeça alheia às memórias, aos sentimentos.

— Com certeza. Sem dúvida. É um momento difícil e eu estou aqui para auxiliá-la no que for preciso. Inclusive se a senhora quiser adiar um pouco...

— Não, não — ela o interrompeu. — O senhor tem razão, vamos tentar resolver tudo logo de uma vez.

— A senhora tem certeza de que quer ir visitar o sítio? Podemos deixar para outro dia, se a senhora achar que as lembranças não lhe farão bem.

— Uma hora terei que enfrentar a realidade. Que seja hoje. Podemos ir.

— Por aqui. — E o advogado a conduziu para a porta do hotel.

Atravessaram a rua e entraram no carro dele. A terça-feira se parecia muito com o dia anterior: tinha cara de inverno.

— Zona sul, não é? — disse ele, ajustando o cinto de segurança.

— Ponta Grossa — ela acrescentou.

Arrancaram. Segundos mais tarde, outro carro arrancou e passou a segui-los. Era um Monza prata.

> **Procure pelo número 5 no mapa e veja onde fica o parque Farroupilha.**

DE CARA NO ASFALTO

O carro do advogado parou diante de uma porteira quase toda coberta por vegetação. Alexandre e Jamila desceram. Era a entrada do sítio da Coroa.

— Havia uma placa aqui em cima — lembrou ela. — Além do nome do sítio, tinha também o desenho de uma coroa que eu fiz quando era criança.

Ele abriu a porteira com algum esforço.

— Conforme seu pai me falou, ele vinha pouco aqui. Ele acha que a placa deve ter caído e alguém levou. Pra fazer lenha, segundo palavras dele.

— Se foi isso, ótimo. Alguém se aqueceu com um pouco do nosso passado...

Entraram. O terreno era amplo e possuía um leve aclive. O capim alto delatava o quase abandono. No fundo da área, uma casa de alvenaria em estilo açoriano. Branca, as telhas praticamente pretas pela ação do tempo e pela falta de cuidado. Tudo ficava ainda com pior aspecto devido ao dia cinzento. No lado esquerdo, uma figueira centenária, galhos imensos. Em frente à casa, um jardim em melhor forma: aglomerações de espadas-de-são-jorge, tipos diversos de suculentas e pedras.

Pelo que ela lembrava, tudo era muito diferente ali. Havia flores e mais flores. E um senso de felicidade que emanava das cores vivas do jardim. Agora, só as plantas mais resistentes haviam sobrevivido à provação.

— Isso aqui era tão lindo... — Jamila suspirou.

— Imagino que sim.

— Meu pai falou alguma coisa sobre o sítio?

— Bem, não muito. O senhor Kayser apenas me falou que antes... antes de a doença debilitá-lo, ele veio aqui e tentou arrumar a casa. Mas, conforme me contou, conseguiu dar um jeito apenas nesta parte aqui. — O advogado apontou para o jardim ao lado de ambos.

Era a única porção do terreno que revelava a ação de alguém. Linhas de pedras redondas dispostas no chão, grama e capim aparados. Parecia uma ilha em um oceano de abandono.

— Acho que ele pretendia reformar a casa também. Tudo isso, a casa e especialmente o terreno, deve alcançar um bom preço de venda. Tenho certeza que a senhora vai fazer um bom negócio. Não há como administrar o sítio e o apartamento da Alemanha. Possível é, claro, mas...

— Meu pai não teve tempo... — ela o cortou e teve que reprimir o soluço que se insinuou pelo seu corpo. Respirou fundo. Tratou de se recompor. — Passamos muitos verões aqui, lembro de brincar aqui, com minhas bonecas, tínhamos rede, balanço feito com um pneu velho dependurado naquela figueira, as corridas com crianças da vizinhança, os banhos no Guaíba... naquela época ele não era poluído. Era o mesmo que ir para o litoral. Acho que até melhor. Sem vento, sem água fria, sem ondas violentas e dentro da cidade.

O advogado enlaçou as mãos nas costas e balançou a cabeça, aprovando as memórias dela.

— Sabe por que o sítio tem esse nome?

— Sítio da Coroa? Não, senhora.

Ela soltou uma breve risada antes de falar:

— Coisas do meu pai. Ele adorava contar histórias. Ele dizia que isso aqui — fez um gesto abrangendo tudo ao redor — era um reino encantado. Eu era a rainha e possuía a coroa mais linda de todos os tempos...

— Ah, ótimo... — O advogado ficou sem jeito ao ouvir a reminiscência. — Uma bonita lembrança — acrescentou sem saber exatamente o que dizer.

— É, eu era a rainha deste sítio. Ele adorava inventar coisas. Na carta que me enviou avisando que tinha um problema de saúde, pediu para que eu não me esquecesse de tudo o que passamos aqui, pediu que eu não me esquecesse das histórias que contava, pediu que eu não me esquecesse de Porto Alegre. Engraçado — ela refletiu. — A primeira coisa que fiz foi colocar a carta dele no lixo e agora estou prestes a me desfazer das propriedades dos meus pais... Parece que não estou sendo uma filha muito obediente — constatou com certa tristeza.

No outro lado da rua, sob um cinamomo ancião, o Monza prata. O telefone celular de Peter gemeu.

— Sim? — atendeu.

— E aí? Onde tá a mulher? — A pergunta de Günter tinha uma boa dose de impaciência.

— Segue aqui na zona sul. E por aí? Alguma novidade?

— Aqui no centro, nada. A guriazinha ainda não saiu da toca. — Referia-se à Arachane. — O que que ela tá fazendo aí?

— Veio visitar o sítio do pai que agora é dela. Ela e um cara de terno e gravata. Só pode ser o advogado.

— Por que será que eles estão aí?

— Ah, apenas verificando os imóveis do falecido. Por certo vão colocar à venda. É o que eu faria.

— E o tesouro?

Peter, aborrecido com a pergunta, limpou a garganta, depois ficou movendo o pescoço em círculos para relaxar a musculatura. Estava cansado.

— Ainda não tenho essa informação — disse por fim.

— Temos que agir — Günter rosnou. — Esse negócio de ficar esperando, de ficar seguindo essas crianças, isso tudo não vai nos levar a nada! Temos que agir.

— O que sugere? Sair por aí dando socos nas pessoas?

— Nada mal.

— Adiantou alguma coisa bater naquele guri?

— Sim, adiantou. Temos a carta e sabemos que tem gente bem interessada na tal lenda.

— Quem? Um bando de piás? De guris intrometidos?

Günter se calou. O que o incomodava era justamente essa incerteza. Queria saber logo de uma vez se estavam perdendo tempo e disposição ou se realmente todo o esforço valia a pena.

— Precisamos manter a cabeça fria, no lugar — ponderou Peter, ainda fazendo seu exercício giratório com o pescoço.

— Peraí — Günter ficou alerta.

— Que foi?

— A loirinha tá saindo do prédio. Vou grudar nela. Ligo depois.

Peter ficou torcendo para que o filho não fizesse nada estúpido.

Chegaram praticamente juntos à praça da Matriz. Arachane usava jeans, camiseta e um moletom rosa. Sentia frio. Américo, uma camiseta de manga comprida com a silhueta de Alfred Hitchcock estampada na frente. Trazia sua câmera, lógico. O movimento era mais intenso do que no final de semana. Carros, táxis, motos e caminhões circulavam em torno da praça, e várias pessoas cruzavam-na em direção à Assembleia Legislativa ou desciam para os lados da rua da Praia. Os dois amigos sentaram em um dos bancos em frente à catedral.

Arachane se aproximou com um grande sorriso e com sua folha de papel na mão.

— Descobri a quinta charada, Palito! — comentou, embora já tivesse dito isso por telefone quando ligou para ele para combinar o encontro. — Fiquei superfeliz, tu nem imagina, foi tão bom eu ter olhado aquele livro!

— Pois é, que legal! E o teu pai? Ele ligou?

— Ah, ligou, sim. Pouco antes de eu sair de casa. O médico disse que meu irmãozinho vai ficar bem, que só vai precisar de mais uns dias no hospital. Não é maravilhoso?

— Legal, legal! Ainda bem, né?

— A Iara ligou pra mãe no trabalho e ela também ficou muito feliz. Coitada, ela tava sofrendo por causa dessa história toda. É que eu acho que ela ainda gosta muito do meu pai.

— Será?

— Ah, eu tenho quase certeza. Quer dizer, eu tenho certeza. Mas agora com o meu pai de filho novo... — interrompeu-se. O assunto em geral a deixava triste e o momento era de alegria. Pelo irmãozinho que estava bem e pelo quinto enigma descoberto. — Ah, e tem mais uma coisa — adiantou. — Perguntei para a Iara sobre o Adriano e ela contou que eles devem ir lá em casa hoje de noite.

— E o que mais?

— Não consegui arrancar mais nada. Ela foi logo me mandando sumir, sabe como é.

— Sei. Olha, o nosso Bruce Willis dos pampas foi até o Mercado Público.

— Fazer o quê?

— Disse que ia dar uma olhada por lá, ia investigar. Falei pra ele tomar cuidado com aqueles dois caras, o do chapéu branco e o do boné vermelho. Aliás, nós também temos que tomar cuidado.

— Acha que eles podem nos atacar, Américo?

Chamá-lo pelo nome e não pelo apelido dava uma clara dimensão do nível de preocupação da loirinha. Ele tentou acalmá-la:

— Bom, não dá pra saber, Chane. Mas cuidado nunca é demais. Eles podem pensar que a gente sabe alguma coisa sobre o tal tesouro farroupilha. Se é que ele existe...

— Ah, eu acho que existe, sim. Nós só precisamos descobrir algumas coisas, juntar as peças desse quebra-cabeça.

Ele sorriu:

— É verdade. Primeiro precisamos das oito respostas dos enigmas.

— Depois precisamos saber o que Porto Alegre tem a ver com a Revolução Farroupilha.

— Com isso tudo talvez a gente consiga decifrar o mistério...

— Talvez, não, Palito. Com certeza a gente vai decifrar o mistério e vai encontrar o tesouro!

— Sabe quem poderia ajudar?

— Quem?

— A dona da carta.

Arachane avaliou as palavras do amigo. Fazia sentido.

— Mas onde vamos encontrar ela?

— Esse é o problema. Não faço a menor ideia de onde ela mora. — Parou. Parou, inclusive, de respirar. Estalou os dedos. — Já sei!

— O quê?

— Na entrada do museu Júlio de Castilhos...

— Que que tem?

— Tem aquele livro de presença.

A loirinha tapou a boca com as duas mãos.

> **VOCÊ SABIA?**
> A Revolução Farroupilha também é chamada de Guerra dos Farrapos. "Farrapo" era o nome dado aos revolucionários gaúchos. Durante o conflito, o termo também ficou associado ao estado das roupas usadas pelas tropas farroupilhas, todas esfarrapadas, já que os rebeldes careciam de recursos.

O carro do advogado deslizava pela avenida Juca Batista. Alexandre estava achando sua cliente quieta demais. Decidiu quebrar o silêncio:

— A senhora está bem?

— Ah, sim, não se preocupe. Lembranças, lembranças. É impossível não ir ao sítio da Coroa sem que boa parte do meu passado venha à tona. Essa região da cidade cresceu muito, está tudo diferente, mas o sítio ainda tem um poder muito grande sobre mim.

— Compreendo perfeitamente. Quando seu falecido pai estava me contratando, alinhavando todas as questões burocráticas diante... — fez uma breve pausa para escolher bem as palavras — ... diante do inevitável, ele comentou mais de uma vez que a senhora teria interesse em manter o sítio, pelo menos por um tempo.

— Interesse?

— Ele usou exatamente esse termo. Interesse em manter o sítio.

— Será que ele estava se referindo a termos sentimentais?

— Não sei. Ele foi muito vago.

— Ele sabia que eu moro na Alemanha. Não faz sentido eu manter o sítio morando tão longe.

— Ele falou em manter pelo menos por um tempo.

— Mas que tempo?

— Talvez ele quisesse que a senhora mandasse arrumar o sítio antes de vendê-lo. A senhora sabe, uma casa arrumada sempre causa melhor impressão na hora de vender. Talvez ele estivesse se referindo a isso.

Ela ficou pensativa. Mais uma vez se lembrou da carta de seu pai. Ele falava em memória. "E quando não vamos atrás da memória ela deixa de acontecer, desaparece."

— Ah, meu Deus...

— O que foi? A senhora está bem?

— Acabo de me dar conta de que cometi um terrível engano. O senhor poderia ir mais rápido?

— Claro, mas para onde?

— Para o museu Júlio de Castilhos. Rápido!

Peter forçou uma ultrapassagem na avenida Coronel Marcos. O motor do Monza se queixou, deixou um extenso e intermitente rastro de fumaça esbranquiçada para trás. Por algum motivo, o Santana do advogado tinha começado a acelerar. "Será que desconfiaram de mim?", Peter se questionou. Não, não pode ser, eu segui eles de modo bem discreto, concluiu. Achou que deveria ser alguma outra coisa.

O telefone celular de novo. Retirou-o do bolso do paletó claro.

— Alô? — resmungou, o carro jogando com as elevações da pista. Os amortecedores pifados deixavam a pilotagem complicada, especialmente na velocidade em que trafegava.

— A loirinha apareceu. Veio se encontrar com o magrinho, aquele, o que vive filmando as coisas.

— Não desgruda deles. Tô com a Jamila e com o advogado. Eles estão voltando a mil para o centro.

— Será que te viram?

— Não sei, acho que não. Mas, por algum motivo, eles resolveram correr pra valer.

— Corre! Corre! Não deixa eles escaparem!

— Vou tentar.

— Os piás tão entrando no museu Júlio de Castilhos de novo.

— Vou desligar, senão vou acabar perdendo eles de vista ou me estuporando.

— *Schnell! Schnell!*

Américo e Arachane puseram-se a folhear o livro de presença na porta de entrada do museu Júlio de Castilhos. A data ficava indicada no canto superior da página. Completando-a, uma série de nomes. Procuraram a página de sábado. Ali estava.

Arachane contou:

— Vinte e duas pessoas. — Sua voz saiu sem ânimo. — Pelo menos metade dos nomes são de mulher.

— Deixa eu anotar — brincou Américo.

— Trouxe lápis?

Ele riu e ligou sua câmera. *Rec.*

— Ah, muito esperto. Ó, filma aqui, a página inteira. É, chega bem perto pra gente poder ver direitinho.

— Vai dizendo os nomes — ele pediu. — Caso a imagem não fique legal, teremos o som gravado.

— Boa ideia! — e começou a narrar. Só os nomes femininos.

Breno apanhou seu celular de um dos bolsos da calça de camuflagem. Ligou para Américo.

— Fala, Breno.

— Bruce, pô.

— Ah é. Fala, Bruce.

— Onde é que tu anda?

— Tô no museu Júlio de Castilhos. Com a Chane.

— O irmãozinho dela melhorou?

— Melhorou, vai ficar bem. Vem pra cá.

— Tô indo. Tchau.

Desligou. Estava dobrando na rua Duque de Caxias quando reconheceu alguém. Um frio incômodo borbulhou em seu estômago. Não teve dúvidas: era o mesmo cara de boné vermelho que havia agredido e roubado o Adriano. "Deve tá indo atrás do Palito e da Chane", concluiu.

Sem pensar em mais nada, Breno saiu correndo na direção dele. Viu que estava parado na entrada do museu.

— Ei, cara! — chamou-o, já atravessando a rua.

Günter virou e, por um instante, ficou paralisado. "É um dos piás?", se perguntou.

— Tá atrás dos meus amigos, cara? — Breno perguntou, furioso.

A velocidade com que o menino se aproximou havia surpreendido o homem.

— Cai fora... — foi o que Günter conseguiu dizer.

Breno parou diante dele. Günter era mais alto, mais pesado, mais forte. Nada disso foi levado em conta pelo menino de 13 anos.

— Tá querendo o quê, cara?

O homem do boné vermelho olhou para o alto da escada de entrada do museu. A gritaria tinha chamado a atenção de Américo e de Arachane. Os dois estavam feito estátuas de carne e osso observando a cena. Apavorados.

— Perguntei o que que tu tá querendo com os meus amigos! — E pegou no braço do homem.

Foi seu grande erro.

Günter revidou agarrando-o pela camiseta e jogando-o no meio da rua. O corpo de Breno foi arremessado para a Duque de Caxias enquanto o homem fugia em direção ao viaduto Otávio Rocha.

Um táxi freou, os pneus arrancando fumaça e guinchos do asfalto. O para-choque preto parou a centímetros de Breno, que chegou a pôr as mãos na peça ameaçadora. Sentiu no rosto o calor do motor ainda em movimento.

Arachane deu um grito agudo. Américo estava sem ação. O segurança do museu e o motorista é que levantaram Breno e o bombardearam com perguntas. "Tudo bem?" "Não te machucou?" "O carro encostou em ti?" "Não bateu a cabeça?" "Consegue te mexer?" "Quer que eu chame a ambulância?"

— Tô legal, tô legal, eu sou duro de matar — o menino conseguiu dizer enquanto era erguido. Olhou para seu corpo à procura de sangue ou de fratura. — Não tô machucado... — constatou com alívio, um quase sorriso surgindo no meio de seu atordoamento.

Uma fila de carros começou a se formar atrás do táxi parado de porta aberta.

— Ah não, congestionamento... — Jamila lamentou.

— Deve ter acontecido alguma coisa, talvez uma batida... — Alexandre arriscou.

Estavam em frente ao palácio Piratini. Decidida, Jamila tirou o cinto de segurança e abriu a porta do carro.

— Obrigada — ela falou. — Ligo depois.

O advogado não teve tempo de protestar. Conseguiu apenas observar sua cliente correr pela calçada em meio às buzinas impacientes.

Jamila Kayser chegou rápido ao museu. Mal percebeu o táxi bloqueando o tráfego e o grupo de curiosos na calçada. Subiu correndo os degraus da escada de entrada e foi direto para o pátio.

Chegou ofegante à área dos canhões. Lembrava-se perfeitamente do banco onde estivera lendo a carta do pai e da lata de lixo amarela onde a jogara. Sua chegada repentina assustou dois gatos que ali dormiam enrodilhados. Abaixou-se e viu apenas o fundo vazio da lata de lixo.

Desabou no banco. Os olhos se encheram de lágrimas. "Como pude ser tão estúpida?", lamentou. Agora tinha certeza que a carta possuía alguma importância, alguma mensagem oculta do pai. Precisava relê-la com atenção para descobrir do que se tratava. A carta era vital.

Respirou fundo. Tinha que se controlar, caso contrário não conseguiria raciocinar. Ergueu-se e foi atrás de algum funcionário do museu. Queria saber o que era feito do lixo recolhido. Talvez ainda estivesse estocado em algum lugar, à espera do recolhimento.

Avistou um homem de crachá na entrada da sala Missioneira.

— Preciso falar com o diretor do museu — comunicou. — É urgente.

Suas palavras foram tão imperativas que o funcionário só conseguiu perguntar sobre o que se tratava. Ela, sem entrar em detalhes, disse que havia colocado no lixo, por engano, um documento muito importante.

— Por favor, me ajude. — Os olhos tornaram a encher de lágrimas.

Jamila foi conduzida à sala onde estavam expostos os móveis do quarto e do gabinete de Júlio de Castilhos. Desceram para o piso inferior por uma velha e estreita escada de madeira.

— A senhora aguarde aqui, por favor — disse o funcionário, antes de entrar em uma sala.

Ela ficou fazendo força para se controlar. A carta. A carta. Precisava da carta. Percebia que na sua tristeza e na pressa em resolver tudo o que ainda a ligava ao Brasil negligenciou o valor daquelas duas páginas escritas à mão: elas eram o último elo físico com seu pai.

Um homem de óculos, barba escura e olhar atento apareceu.

— Pois não? — O ar severo.

Os três amigos se refaziam do susto. Cruzavam a praça da Matriz pelo meio, em direção ao apartamento de Breno, na Riachuelo. O tempo seguia nublado, com cara de inverno.

— Juro pra vocês, morri de susto! — Arachane confessou. Ia agarrada ao braço de Breno.

— Eu fiquei completamente congelado — Américo revelou.

— Bruce Willis não teria feito melhor — Arachane comentou, tentando alegrar o amigo.

Ele passou a mão pela careca, insatisfeito com a própria performance.

— Que nada. O Bruce Willis teria levantado, entrado no carro e dirigido feito um maníaco até pegar o cara.

— Deixa de ser louco — o jovem cineasta advertiu-o. — Tu podia ter morrido hoje!

— É, o Palito tá certo. Foi uma coisa muito maluca o que tu fez. Faltou só um pouquinho pra que aquele táxi passasse em cima de ti. Já pensou?

Breno riu e falou:

— Pelo menos o cara viu que a gente tá de olho neles e que não vão nos pegar de surpresa como pegaram o Adriano.

Atravessaram a Jerônimo Coelho, passando junto ao Theatro São Pedro. Seguiam descendo. Devagar, como se Breno tivesse algum ferimento ou dificuldade para se locomover.

— Ai, meus santos... — Arachane lamentou. — Nada disso, Breno, quer dizer, Bruce. Nada disso. Nós é que aprendemos uma coisa hoje. Nós descobrimos que devemos ficar muito, mas muito longe mesmo, desse cara do boné vermelho e do parceiro dele. Eles querem muito a

carta e as respostas! Acho melhor a gente se trancar em casa e chamar a polícia. Tu não acha, Palito?

Américo parou em silêncio. Olhava fixo para a frente. Balbuciou:

— Caramba...

— Que foi? — Breno perguntou.

— Esqueci de contar uma coisa...

— Fala, Palito! — Arachane não queria experimentar mais nenhuma surpresa. — Fala logo!

— Eu andei fazendo umas pesquisas... na internet...

— Anda, fala, Palito — ela implorou. — Não aguento mais suspense. Eu tô de férias, queria um pouco de paz, só isso. Tem a ver com a carta? Ah, não te contei, né? — Virou-se para Breno. — Descobri mais um enigma. Agora já temos cinco respostas.

— Seis — Américo corrigiu-a.

Os amigos prenderam a respiração. Américo continuou:

— "Um calendário positivista de pedra". Lembram? O sexto enigma. Pesquisei sobre o tal calendário. Ele foi criado por um filósofo francês, Auguste Comte, para destacar a história e os bons exemplos do passado que as pessoas não deviam esquecer. Era um calendário em que o ano tinha 13 meses, e cada mês era representado por uma figura famosa da religião, da literatura, da ciência e por aí vai. Esse calendário tá ali!

Américo apontou para a Biblioteca Pública logo em frente. Na fachada do prédio, viam-se os bustos de dez patronos do calendário positivista.

> Procure pelo número 6 no mapa e veja onde fica a Biblioteca Pública.

O MAPA DO TESOURO

No dia seguinte o sol reapareceu. A ventania veio junto. A temperatura ainda estava amena, o que de certa forma manteve inalterado o aspecto de inverno daqueles dias de verão.

Após o quase atropelamento de Breno, ele, Arachane e Américo decidiram cancelar suas investigações na rua. No apartamento do dublê juvenil de Bruce Willis, debruçaram-se na internet e na lista telefônica. Queriam descobrir se alguma daquelas pessoas que assinaram o livro de presença do museu Júlio de Castilhos era a dona da misteriosa carta. Não tiveram sucesso. Eles não tinham como saber, mas Jamila Kayser não assinara o livro. No estado de espírito em que se encontrava logo após a morte do pai, atitudes triviais como aquela passavam despercebidas.

Quando cansaram da infrutífera pesquisa, debruçaram-se mais uma vez nos enigmas. Agora já tinham seis das oito charadas respondidas: a estátua do Laçador, a ponte do Guaíba, a hidráulica Moinhos de Vento, o Mercado Público, o parque Farroupilha ou Redenção e a Biblioteca Pública. Mais duas charadas os desafiavam: "Onde a lenda começou" e "De onde a santa contempla e responde".

— Guris, acho que a gente deve voltar ao museu pra resolver o sétimo enigma.

— Por quê, Chane? — perguntou Américo.

— Porque foi lá que tudo começou. E olha só o que diz a carta: "nossos passeios pelo museu Júlio de Castilhos". O pai escreveu isso para a filha. A filha tava no museu. Temos que voltar. Aposto que a solução tá lá em algum lugar. Precisamos voltar e olhar direito.

— Caramba... Acho que tu tem razão, Chane. O que que tu acha, Breno?

— Bruce.

— Tá. O que que tu acha, Bruce?

— Pode ser — respondeu sem demonstrar muita animação. Estava rabiscando no mapa que havia apanhado no Mercado Público.

— Tudo bem, guris, mas hoje não. Ninguém vai voltar hoje no museu. Imaginem se aquele cara maluco do boné vermelho tá por lá vigiando, esperando a gente!

— Eu não tenho medo dele — Breno garantiu. — Aquele cara teve sorte. E outra: é um covarde porque fugiu em vez de ficar e lutar comigo.

— Nada de brigas, Bruce — Arachane pediu. — Vamos deixar pra voltar lá amanhã. É mais seguro.

— Tudo bem, Chane. Amanhã. — Américo virou para Breno. — Tá fazendo o quê?

Breno mostrou o mapa.

— Eu marquei os seis lugares que já descobrimos.

Américo e Arachane se aproximaram da bancada onde ele rabiscava. Ali estava Porto Alegre. Ali estavam seis círculos imprecisos feitos com esferográfica azul.

Nem ela nem o jovem cineasta viram algo remotamente parecido com a resposta que procuravam.

— Então, amanhã, no museu? Pode ser, guris?

— Claro — respondeu Américo.

— Pode ser depois do almoço? — Breno quis saber. — Quero dormir até mais tarde pra ficar pronto pra outra. — Referia-se ao confronto com o homem do boné vermelho.

— Não, não, Breno, quer dizer, Bruce. Não vai ter outra, entendeu? Não vai ter outra coisa nenhuma — a loirinha advertiu-o. — Amanhã não vai acontecer nada.

Arachane estava enganada.

Naquela noite, em um rodízio de pizza no bairro Floresta, Peter procurava se acalmar enquanto avaliava suas anotações.

— Tu podia ter matado o guri.

— Ele veio pra cima de mim. Tive que me defender! — Günter já tinha explicado o episódio e começava a se enervar com a insistência do pai.

— Se o guri tivesse morrido ou tivesse ficado ferido, a polícia entraria na jogada e tudo ia por água abaixo.

— Tudo o quê? — O homem do boné vermelho seguia desconfiado daquela história toda. — Duvido que exista esse tal de tesouro farroupilha. É só lenda. Nada mais. E não entendo como você foi perder a tal Jamila de vista.

— Congestionamento — comentou. — Agora cala a boca, sim?

O homem de paletó claro e de chapéu-panamá havia transcrito tudo o que estava legível nas fotos armazenadas no celular de Adriano. Conseguira boa parte da carta e dos enigmas. Analisando o que lera até aquele momento, antes de as pizzas começarem a chegar, descobriu com certa naturalidade a resposta da sétima charada. "Onde a lenda começou". Peter apenas relacionou as coisas. Concluiu que a lenda se referia à Revolução Farroupilha, que havia começado de forma oficial na ponte da Azenha, em Porto Alegre.

VOCÊ SABIA?
O primeiro confronto da Revolução Farroupilha aconteceu no dia 20 de setembro de 1835 em Porto Alegre, mais precisamente na ponte da Azenha, uma das poucas entradas para a cidade de então.

Procure pelo número 7 no mapa e veja onde fica a ponte da Azenha.

Ainda temendo um eventual ataque da dupla do Monza prata, Américo telefonou aos amigos e combinou que ele e Breno iriam buscar Arachane em sua casa às duas da tarde. Não queria a amiga caminhando sozinha pelas ruas do centro.

    Durante todo o trajeto até o museu Júlio de Castilhos, os três mal se falaram. Olhavam para todos os lados, para todos os carros, para todas as pessoas. Tudo e todos eram suspeitos e eles não estavam dispostos a ser surpreendidos de novo. Breno perguntou se havia alguma novidade sobre Adriano. Arachane respondeu que ele havia comprado um celular novo e estava na praia com a namorada. Américo perguntou como estava o irmãozinho dela. A loirinha disse que o pai telefonara: o pequeno estava se recuperando bem e ia mesmo se chamar Ubirajara.

    Na Duque de Caxias, bem em frente à entrada do museu, viram que as marcas dos pneus do táxi que quase atropelara Breno ainda estavam no asfalto. Ninguém fez nenhum comentário. Subiram as escadas.

— Falei que não tinha perigo — Breno disse, sentindo-se seguro dentro da instituição.

— Não sei não — Arachane desconfiava até da própria sombra.

— O negócio é ficarmos juntos — Américo sentenciou. — A união faz a força, não é o que dizem?

    Assim que entraram e passaram pelo busto em bronze do patrono do museu, no pórtico, o funcionário que ajudara Breno no dia anterior veio falar com eles.

— E aí, guri? Tu tá bem? — Reconheceu o jovem pela careca. Era inconfundível.

Breno sorriu:

— Aquilo não foi nada.

— Foi um baita susto, isso sim — o funcionário falou e comentou: — Aliás, ontem foi um dia de emoções fortes por aqui.

— Como assim? — a loirinha quis saber.

— Bom, primeiro foi o teu amigo, que quase foi atropelado. Logo depois uma senhora entrou aqui nervosíssima pedindo pra falar com o diretor do museu.

— Mulher? — Américo sentiu os pelos dos seus braços arrepiarem.

— É. Ela até chorou. Muito nervosa, a coitada.

— Nervosa? — foi a vez de Arachane questionar.

— É, nervosíssima. Ela tava procurando uma carta que tinha perdido. O diretor teve um trabalhão pra acalmar ela. Ele até pegou o telefone da mulher caso a gente encontrasse a tal carta.

Arachane puxou as duas folhas de sua bolsa e exibiu-as para o funcionário do museu.

Jamila Kayser aguardava o advogado no saguão do hotel quando foi chamada até o balcão da recepção. Telefone para ela.

— É o diretor do museu Júlio de Castilhos — informou a recepcionista.

O coração de Jamila disparou. Havia deixado seu nome e o telefone de onde estava hospedada sem nenhuma esperança. Agarrou o aparelho com os dedos trêmulos.

— Alô, boa tarde...

— Boa tarde, dona Jamila. Estou com a carta de seu pai.

Peter ligou para Günter:

— Alguma novidade?

— O advogado acabou de chegar aqui no hotel! — Havia certa excitação em sua voz. — O carro dele é um Santana, né?

— Isso mesmo. Os guris tão dentro do museu — revelou.

Diante dos acontecimentos do dia anterior, resolveram trocar de alvo. Günter permaneceria de plantão na frente do hotel e Peter ficaria com as crianças. Para ter mais agilidade em caso de congestionamentos, o homem do boné vermelho estava de moto. Contou ao pai que um amigo mecânico tinha emprestado. Mentira. Ele a roubara na noite passada.

— Segue eles à distância — Peter ordenou.

— Deixa comigo.

— Günter?

— Quê?

— À distância, entendeu?

— Entendi — rosnou.

Apoiado em uma árvore no outro lado da Duque de Caxias, Peter, sem seu chapéu-panamá e com um paletó escuro, desligou e enfiou a mão no bolso. O revólver calibre 38 estava lá.

Carregado.

Primeiro Jamila Kayser se certificou de que a carta nas mãos de Arachane era a que procurava. Em seguida chorou. Depois abraçou a loirinha, mas abraçou de amassar, de sufocar, de querer bem. A mulher também não economizou elogios ao diretor do museu e agradecimentos aos meninos.

— Este é o último elo com meu pai... pelo menos como ligação física — Jamila explicou. — Vejam, ele escreveu à mão, pouco antes de falecer. Olhem o capricho da letra. — E derramou outra lágrima.

O diretor do museu coçou a barba um tanto sem jeito e pediu licença, iria providenciar um cafezinho para ela.

— Mas, por favor, sentem-se, fiquem à vontade — ele pediu antes de sair.

O grupo sentou-se em volta de uma mesa quase tão antiga quanto as peças expostas no piso superior.

— Posso perguntar uma coisa pra senhora? — Arachane arriscou.

— Claro, querida, o que quiser.

A loirinha olhou para os amigos e revelou:

— Ai, meus santos... não sei bem como dizer isso, mas a gente acabou... lendo a sua carta... e acabamos tentando solucionar... aqueles enigmas... e eu queria saber se essa lenda do tesouro farroupilha existe de verdade.

A mulher soltou uma risadinha.

— Não tem problema nenhum vocês terem lido a carta. Eu estava muito transtornada quando a joguei fora. Meu pai e minha mãe costumavam me trazer aqui no museu Júlio de Castilhos de vez em quando, era um dos passeios que fazíamos. Meu pai sempre gostou daqui, especialmente das coisas relacionadas à Revolução Farroupilha.

Os três acompanhavam a narrativa de Jamila com interesse. Américo tinha vontade de ligar sua câmera para registrar o momento, mas as lágrimas dela o fizeram desistir da ideia.

— Essa lenda eu ouço desde pequena, vem passando de pai pra filho desde o tempo do meu avô. É uma história muito antiga.

— A senhora pode nos contar? — Breno pediu, sem meias palavras.

— Ah, não é nada demais. Pelo que me lembro, a história teria começado por volta de 1844.

Jamila Kayser contou que naquele ano, quando a revolta já vinha perdendo fôlego e a derrota para as forças imperiais era quase um fato consumado, um carregamento de ouro foi remetido do Uruguai para os rebeldes. A carga preciosa veio muito bem disfarçada a bordo de um navio que singrou a laguna dos Patos em direção a Porto Alegre. Pouco antes de atracar no centro da cidade, a embarcação ancorou na altura da Ponta Grossa e desembarcou o ouro. Em terra firme, um simpatizante da causa dos farrapos aguardava para esconder o tesouro e, mais tarde, enviá-lo em segurança para as tropas de Bento Gonçalves.

Conforme a lenda e conforme os livros de história, os governos do Uruguai e da Argentina tinham interesse em ajudar os revoltosos. Esperavam que a então Província de São Pedro se tornasse independente do Brasil. O governo brasileiro, por sua vez, tinha interesse em que os gaúchos montassem guarda nas fronteiras com os dois países vizinhos, temendo uma eventual perda de território.

Como a situação para os farrapos não era das melhores, especialmente em Porto Alegre, toda cautela era necessária. Temendo algum tipo de infortúnio ou mesmo a delação de alguém, o espião farroupilha resolveu enterrar a arca com dezenas de barras de ouro. Tão logo escondeu a carga vinda do Uruguai, foi preso.

De acordo com a lenda, o prisioneiro fez um mapa com a exata localização do tesouro. O problema é que ele acabou morrendo na prisão, sem que pudesse passar a informação para outro simpatizante da causa. De qualquer forma, o boato a respeito do ouro uruguaio já havia se alastrado pelos quatro cantos. Ao investigar os pertences do morto, um dos carcereiros encontrou desenhos e anotações daquilo que parecia ser um mapa. Em vez de entregar o documento aos legalistas, roubou-o e tentou decifrar o mistério, mas não obteve sucesso. A Revolução terminou, os anos se passaram e o carcereiro desistiu de procurar. O que, a princípio, era para ser verdade, acabou virando apenas boato e depois lenda.

O mapa foi passando de mão em mão até que Hans, o avô de Jamila Kayser, teria conseguido decifrá-lo. Ele comprou as terras assinaladas no mapa, na Ponta Grossa, em Porto Alegre, e teria encontrado a arca com as barras de ouro. Porém, uma nova guerra é declarada. Desta vez, a Segunda Guerra Mundial. Descendente direto de alemães, Hans Kayser decidiu enterrar o tesouro em algum lugar da cidade temendo represálias por parte dos brasileiros. Tinha medo que o ouro lhe fosse roubado. Já velho e receoso de que a guerra se prolongasse por muitos anos, deu o antigo mapa para o filho e o fez prometer que jamais venderia aquele sítio onde passavam as férias de verão. Segundo Hans, seria uma forma de manter viva sua própria memória. Tobias, pai de Jamila, prometeu. Hans preferiu não contar sua descoberta aos familiares. Ouvira falar em campos de concentração no Brasil e se preocupava com a possibilidade de ser torturado. Achou o silêncio a melhor maneira de manter a família em segurança. A única coisa que fazia era reforçar a crença na lenda farroupilha. Sua ideia era esperar a guerra terminar para desenterrar o tesouro e proporcionar toda aquela riqueza para seus familiares.

O destino, contudo, mais uma vez tinha outros planos: de novo, o guardião do tesouro morreu. Hans nem sequer viu o final da Segunda Guerra. Para Tobias, a história sobre a lenda do tesouro farroupilha nada mais era do que conversa para boi dormir, como dizia. Jamais se interessou em prestar atenção naquilo que seu pai lhe insinuara. Era um homem muito ocupado. O próprio mapa original se perdeu.

— Meu pai sempre foi um homem muito ocupado — disse Jamila Kayser, dando por encerrada sua narrativa. — Costumava brincar comigo dizendo que meu avô tinha encontrado uma arca cheia de barras de ouro em algum lugar de Porto Alegre, que era um tesouro da época da Revolução Farroupilha, e que tinha uma maldição. Todos que guardavam a arca do tesouro acabavam morrendo. Até onde eu sei, ele nunca acreditou nessa história.

— Então por que ele deixou a carta com esses enigmas? — Américo a questionou.

— Tenho pensado muito nisso nos últimos dias — ela confessou. — Cada vez que penso na tal carta, mais começo a imaginar se meu pai não estava tentando fazer comigo o mesmo que o vovô Hans fizera com ele...

— Mas por que ele não disse nada diretamente pra senhora? Por que deixou uma carta tão enigmática? — o jovem cineasta insistiu.

— Não tive tempo de descobrir. — Jamila tentou sorrir para afastar novas lágrimas. — Talvez ele não acreditasse que fosse morrer tão rápido. Talvez fosse só uma brincadeira. Ou talvez... — De súbito outra ideia cruzou sua mente. — Ou talvez ele tivesse medo de que alguém descobrisse a verdade sobre essa lenda antes de mim.

Ficaram em silêncio.

— Outro dia recebi uma ligação engraçada — lembrou ela. — Um tal de Saulo. Dizia ser muito amigo de meu pai, mas não me lembro de nenhum Saulo.

— Ai, meus santos...

— Que foi, querida?

— Bom, depois que nós decidimos investigar sua carta, coisas estranhas começaram a acontecer.

— Que tipo de coisas estranhas? — Jamila segurou na mão da loirinha.

— Passamos a ser seguidos por dois homens e vimos um deles agredir um conhecido nosso que também havia tentado descobrir os enigmas da carta. E, ontem, o Breno aqui quase foi morto...

— Bruce — Breno corrigiu a amiga.

— É Breno ou Bruce afinal? — A mulher ficou confusa.

— É uma longa história — Américo atalhou. Continuou contando: — Um dos caras jogou o Bre... o Bruce no meio da rua, aqui na frente do museu. Um táxi parou quase em cima dele, foi um susto.

— Eu não tive medo — Breno garantiu.

— Mas qual o motivo dessa violência? — Jamila quis saber, a testa franzida.

Arachane respirou fundo:

— Nós achamos que esses homens querem as respostas que descobrimos. — E mostrou a ela sua folha de papel com os oito enigmas e as seis respostas que tinham até o momento.

Jamila Kayser leu com atenção. Seus lábios se moviam levemente. Repetiu a leitura e percebeu a lógica das charadas.

— Pontos turísticos de Porto Alegre — falou. — Pontos turísticos... — repetiu os enigmas ainda não respondidos: — ... onde a lenda começou... de onde a santa contempla e responde...

— Achamos esses os mais difíceis — a loirinha comentou. — Mas claro que devem ter respostas como os outros, é só a gente pensar bem.

— A lenda começa... — Jamila teve o mesmo raciocínio de Peter, seu inimigo ainda oculto. — Ponte da Azenha. — Releu o enigma. — Sim, é isso. Ponte da Azenha. Foi onde começou a lenda, a ponte da Azenha é considerada o marco inicial da Revolução Farroupilha.

Os três amigos se olharam satisfeitos. Faltava só um enigma.

— E esse último... — A mulher releu: — De onde a santa contempla e responde... só se...

Breno puxou o mapa do bolso da calça. A caneta também. Tentou localizar a ponte da Azenha.

— Aqui, eu ajudo. — Ela viu as outras marcações no mapa. — Hmmm... que interessante — elogiou-o. — Vamos ver, vamos ver, ah, aqui. A ponte passa sobre o Arroio Dilúvio, na Ipiranga.

Breno tratou de circular o local.

— Que santa será essa? — Américo perguntou.

— Que contempla e responde? — Arachane não via nenhum sentido no oitavo enigma.

Jamila Kayser retomou seus pensamentos:

— Só se... não for bem uma santa... — ponderou. — Ponto turístico... — Aí sorriu: — Pai, pai, pai, seu malandro...

— Que foi? — A menina sentiu o coração bater mais rápido. A angústia começou a dominá-la. — Que foi?

— Claro. Contempla e observa...

— Por favor... a senhora descobriu a última charada? — Arachane sentia as bochechas quentes.

— É o morro Santa Teresa!

> Procure pelo número 8 no mapa e veja onde fica o morro Santa Teresa.

Peter e Günter conversavam junto da calçada, alguns metros adiante da entrada do museu Júlio de Castilhos.

— Essa coisa anda bem? — o mais velho perguntou.

— Claro que sim. — E deu palmadinhas no tanque de combustível. — Tem também a vantagem de poder manobrar em qualquer espaço. E o nosso carro tá muito manjado.

— Sei, e os capacetes?

— Ah, eu... bom... eu... esqueci de pegar...

— Pegou a moto emprestada e esqueceu os capacetes? — Peter desconfiou.

— Esqueci, tá legal? Que coisa! Vamos nos concentrar neles. — Apontou para o museu.

Peter preferiu não discutir. O momento não era o mais adequado.

— O advogado continua ali.

Alexandre tinha levado sua cliente até o museu e estacionara um pouco mais adiante, quase junto ao viaduto Otávio Rocha. Seguindo instruções de Jamila, permaneceu no Santana aguardando-a.

— Deve tá esperando ela — Günter presumiu. — Daqui devem ir pra algum lugar.

— Espero que nos levem direto pro lugar onde o tal tesouro tá escondido.

— Isso se existir tesouro...

— Veremos. Em breve.

Enquanto Breno terminava de circular o morro Santa Teresa no seu mapa, os outros tentavam adivinhar algum sentido nas respostas.

— A senhora consegue entender? — Américo perguntou.

— Não, meu jovem — Jamila Kayser respondeu com sinceridade. — Se, de fato, meu pai queria que só eu descobrisse a verdade sobre a lenda do tesouro farroupilha, ele foi longe demais. Temos todas as respostas e não sabemos o que significam.

— Ai, meus santos... — Arachane queixou-se. — Fizemos tanta força pra conseguir resolver os enigmas e acabamos caindo num mistério ainda maior.

— Pois é, querida. — Jamila apanhou a carta de novo. — Aqui ele fala em ir atrás da memória... Todos esses pontos turísticos... — Sacudiu a cabeça desanimada. — O que será que ele quis me dizer?

Breno, fã de liga-pontos, e já um tanto entediado com toda aquela conversa que não levava a lugar nenhum, começou a unir com a caneta todas as respostas assinaladas em seu mapa. A estátua do Laçador até a ponte do Guaíba. A ponte do Guaíba até a hidráulica Moinhos de Vento. A hidráulica Moinhos de Vento até o Mercado Público. O Mercado Público até o parque Farroupilha ou Redenção. O parque Farroupilha ou Redenção até a Biblioteca Pública. A Biblioteca Pública até a ponte da Azenha. E finalmente a ponte da Azenha até o morro Santa Teresa.

Diferentemente dos seus jogos, aqueles rabiscos não formaram um desenho legível. No máximo...

— ... Uma boca cheia de dentes afiados — ele balbuciou seu pensamento.

A mulher inclinou a cabeça para olhar.

— Ah, o Breno, quer dizer, o Bruce adora liga-pontos — Arachane explicou.

— E jura que não é coisa de criança — provocou Américo.

— Não é mesmo, ok? — Breno se defendeu.

Jamila Kayser recolheu o mapa. Comentou:

— É, parece uma boca cheia de dentes afiados... — Aí girou um pouco o mapa. — Ou então...

Parou. Levou as mãos ao peito.

— Oh, meu Deus!

Os três jovens congelaram com o grito dela.

— Uma coroa! — Apontou para o mapa. — O sítio da Coroa!

O diretor do museu Júlio de Castilhos entrou em sua sala segurando uma bandeja com uma garrafa térmica e cinco xícaras pequenas.

— Gente, desculpe a demora, mas o café tá novinho, acabei de passar — falou e seu sorriso se desfez.

Não encontrou ninguém. Ficou parado observando as cadeiras vazias. Em seguida, olhou para a bandeja.

TIROS NA TARDE VENTOSA

O Santana de Alexandre deslocava-se rumo à zona sul de Porto Alegre. Jamila Kayser virou-se e olhou para os três amigos, acoplados no banco de trás do carro com seus cintos de segurança.

— Ainda acho que deviam ter pedido autorização para os pais de vocês — ela falou, preocupada.

— Não, não — Breno foi enfático. — Tá tudo bem.

— Não sei nem por que vocês quiseram vir junto — comentou a mulher.

— Ah, dona Jamila, nós descobrimos quase todos os enigmas, acho que a gente merece! — disse Arachane, sentada entre os amigos.

— De fato — concordou.

O advogado acrescentou:

— Os enigmas descobertos não significam necessariamente que exista um tesouro. As respostas, ao que tudo indica, apontam apenas para o sítio da Coroa. Talvez esse seja o tesouro, talvez essa tenha sido a mensagem deixada pelo seu Tobias: preservar o sítio.

— Mas então por que ele fez tanto mistério? — perguntou Américo.

— Por que ele não pediu pra dona Jamila ficar com o sítio? — perguntou Breno.

— E por que citou na carta a lenda do tesouro farroupilha? — perguntou Arachane.

Jamila e Alexandre se calaram. De certa forma, ficaram constrangidos com o tamanho da vontade dos três jovens desconhecidos.

Assim como no mapa de Breno, no seu mapa os pontos ligados devem originar uma carca.

SERÁ QUE VOCÊ SABE?

No mapa de Porto Alegre que está na página 128 você pode, assim como Breno, ligar os pontos entre as respostas das charadas descobertas por Jamila e pelos três amigos. Veja o que aparece.

Deu certo? Mais um ponto para a Ficha de Detetive!

A uns cinquenta metros atrás do Santana ia uma moto roubada. Os dois ocupantes sem capacete sofriam para seguir o carro. Não tanto pela velocidade. Muito mais pelas rajadas de vento que enfrentavam.

— Não chega mais perto! — gritou Peter.
— Pode deixar! — retrucou Günter, também gritando.
Os dois lacrimejavam por causa do vento.

> Corrida contra o tempo, perseguições, a eminência de encontrar um tesouro... tudo isso na maior adrenalina. Não perca nenhum segundo desta aventura eletrizante!

Quarenta minutos depois de deixarem o museu Júlio de Castilhos, o grupo liderado por Jamila Kayser chegou à Ponta Grossa. O bairro, com muito verde e com ares de cidadezinha do interior, parecia ser ainda mais fustigado pela ventania. O Santana embicou junto ao portão de entrada do sítio da Coroa. Alexandre desceu, abriu o portão, retornou ao interior do carro e avançou, estacionando o veículo próximo à figueira.

— Trouxe a chave? — Jamila perguntou.

— Sim, estou com todas as chaves do sítio — respondeu o advogado.

— Acho melhor entrarmos na casa — ela propôs. — Ficaremos mais protegidos desse vento.

Desceram. O capim alto estava praticamente deitado, tal a força da ventania que o empurrava contra o chão. As copas das árvores próximas emitiam uivos altos e assustadores, parecia que o vento as torturava antes de derrubá-las. A casa era velha, estava praticamente abandonada, mas tinha estrutura sólida. Alexandre, com algum esforço, empurrou a grossa porta de madeira. A sala estava com um cheiro forte de mofo. Havia poucos móveis, rastros de cupins por todos os cantos, muita poeira e uma caixa grande com ferramentas de jardinagem junto de uma mesa com quatro cadeiras. O vento infiltrava-se pelas frestas e assobiava com insistência. A claridade cinzenta vinda de fora era toda a luz que possuíam.

— Bem, e agora? — a pergunta do advogado parecia urgente e, ao mesmo tempo, ridícula. Afinal, o que faziam ali? O que deveriam procurar?

— Agora vamos pensar — Jamila Kayser respondeu. — Meu pai teve muito cuidado ao deixar uma mensagem oculta na sua carta de despedida. Ele queria indicar o sítio da Coroa. E, segundo a lenda, meu avô teria enterrado uma arca cheia de barras de ouro em algum lugar da cidade. Mas meu pai e eu sempre encaramos isso como uma fantasia, uma mentira, uma brincadeira.

Ela começou a andar pela casa. Examinava os poucos móveis, o assoalho, o forro, as janelas. Arachane e Breno ficaram olhando ao redor. Américo pressionou o botão *rec* e começou a fazer imagens da figueira, do jardim na frente da casa, do terreno.

— Se a lenda é verdadeira e se estamos no lugar certo, onde o ouro estaria enterrado?

> **Procurar um tesouro exige raciocínio rápido e certeiro. Se você estivesse lá, por onde começaria?**

— Eu o enterraria sob a casa. — O advogado foi firme. — Ficaria bem mais protegido.

— É, faz sentido — Jamila concordou e começou a bater com os pés nas tábuas do assoalho. — A casa não tem porão. Teríamos que arrancar tudo e cavar — acrescentou com desânimo. — A menos que ele tenha deixado um "xis" marcando o lugar exato. — E riu do que acabara de falar.

O comentário descontraiu a todos.

Exceto a Américo. Ele desligou sua câmera e apontou para fora:

— O "xis" tá ali. — Indicou para a letra formada com pedras no jardim que ficava na frente da casa.

Deixaram a moto próxima à entrada do sítio da Coroa.

— Vamos entrar — sugeriu Günter, protegendo o rosto da areia que o vento cuspia sobre eles.

— Não. Melhor esperar, ver o que eles fazem lá dentro — ponderou Peter.

— Vamos arrancar o que queremos deles! Não aguento mais esperar!

— Calma. Vamos nos enfiar aqui pelo mato e fazer a volta na casa.

— Pelo mato? Mas pra quê?

— Pra surpreender eles — rosnou Peter, passando o corpo por entre os fios da cerca.

Todos correram até a porta da casa. Ali estava. As pedras cuidadosamente enfileiradas no jardim. Duas linhas que se cruzavam em um perfeito "xis" rochoso.

— Caramba... — O jovem cineasta sentia o corpo todo arrepiado. Ainda mantinha o indicador ereto.

— Só pode ser isso — afirmou Jamila.

— Ele me contou que havia arrumado o jardim — o advogado comentou. — Talvez ele tenha ajeitado apenas o jardim de propósito.

— Porque ele acaba se destacando no meio de tanto mato e capim alto — concluiu a filha de Tobias Kayser.

— Será que o tesouro tá enterrado ali? — A pergunta de Arachane deixou todos mudos. A aventura estava próxima do fim. Era a hora da verdade. A lenda seria apenas lenda mesmo? Ou encontrariam ouro?

> Qual é o seu palpite? O que você faria em uma situação assim? Continue a leitura e confira.

Todos ficaram mudos, menos Breno. Ele falou com voz clara e decidida:

— Só tem uma maneira de descobrirmos.

E avançou para fora da casa segurando uma pá.

— Caramba... Vai fazer o quê, cara? — Américo tentou deter o amigo. Ele não o ouviu. Olhou para Jamila e perguntou:

— Posso?

A mulher sorriu constrangida. Por que não?, pensou.

— Pode — respondeu.

No outro lado da cerca, em um terreno cheio de arbustos fechados, atrás da figueira, Peter e Günter observavam a movimentação na casa.

— O que que tá acontecendo? — Günter perguntou, com a boca quase colada no ouvido de seu pai. O vento seguia soprando com violência.

— Sei lá! — respondeu o velho, aborrecido.

— Ih, olha, olha!
— Cala a boca!
— O guri carequinha com uma pá!

Alexandre resolveu ajudar o menino. Encontrou outra pá na caixa de ferramentas. Não gostava da ideia de sujar seu terno. Para se sentir melhor, tirou o paletó e a gravata e os pendurou no trinco da porta. Dobrou as mangas da camisa branca. Calculou que dois cavando seria melhor do que um. Américo se aproximou para registrar o momento da verdade. Jamila e Arachane ficaram dentro da casa de mãos dadas, aguardando o desfecho da história.

Primeiro eles tiraram as pedras — nenhuma delas muito pesada — bem de onde elas se cruzavam. Em seguida, começaram a enfiar as pás na terra. Para satisfação deles, era uma terra fofa, fácil de ser recolhida. Tanto que, em dez minutos, já não se viam mais os joelhos de Breno. Em 15 minutos, os dois estavam cobertos de suor, a despeito da ventania e da temperatura relativamente baixa para aquela época do ano. Em vinte minutos, o primeiro TUNC. Breno abaixou e com as mãos descobriu a quina do que parecia ser uma estrutura de madeira. Alexandre esqueceu de suas roupas, de sua idade, de sua função. Tornou-se menino de novo e ajoelhou ao lado de Breno. Pôs-se a cavar com as mãos. Falou ao colega arqueólogo que aquilo só podia ser um pedaço de madeira. Levantaram e continuaram a cavar ao lado da descoberta onde, em teoria, deveria estar o resto do pedaço encontrado. Aí vieram mais TUNCS.

Não havia dúvida: a tampa de uma arca de madeira estava diante deles. Madeira envelhecida, úmida, escura. Apresentava também uma leve inclinação. Cavaram em volta e descobriram as partes fundamentais da arca, as dobradiças e o cadeado frontal. Ambos enferrujados e bem deteriorados. O advogado pediu para Breno se afastar e com um golpe certeiro de pá arrebentou o velho cadeado, que já não tinha mais forças para dar segurança a segredo algum.

Breno ergueu a tampa.

Ali perto, Günter estava à beira de um ataque de nervos:
— Acho que encontraram! Acho que encontraram!
— Calma, Günter!
— Vamos lá, pelo amor de Deus!
— Cala a boca! — ordenou Peter. — Precisamos ter certeza!
Günter enfiou a mão no bolso do paletó do pai. Puxou o revólver.

Jamila e Arachane, ainda de mãos dadas, observavam o progresso no jardim. Ouviram os TUNCS com tremores de emoção.
— Ai, meus santos... Será que encontraram alguma coisa?
— Espero que sim, querida...
Viram também o advogado sumir dentro do buraco cavado, depois levantar-se para apanhar uma pá e batê-la em algo com violência.
E então ouviram um CLANC.

Breno emergiu da cova de terra solta e escura com as mãos erguidas contra o vento e o céu cinzento. O punho esquerdo cerrado. A mão direita exibindo em triunfo uma barra de cor amarela meio pálida.
— Eu sou duro de matar! — gritou.

> Quer dizer então que a lenda não era lenda afinal... que aventura! Aceita um conselho? Faça uma pausa para respirar fundo, porque vem mais emoção por aí.

Meia hora mais tarde, o Santana recebeu mais de cinquenta barras de ouro, o que exigiu bastante da sua suspensão traseira. A tampa metálica do porta-malas foi fechada com força.

Günter, segurando o revólver calibre 38, sorriu:

— Agora que já fizeram o trabalho duro, pra dentro da casa.

Alexandre, Américo e Breno, depois de terem sido rendidos por Peter e Günter, tiveram que transportar todo o ouro. De mão em mão: Breno, no buraco, lançava para Alexandre, na beira da cova, que passava para Américo, que colocava o ouro dentro do porta-malas. Peter tinha encontrado uma corda mofada e coberta de poeira, mas ainda resistente o bastante, para amarrar Jamila e Arachane em duas cadeiras colocadas espaldar contra espaldar.

O vento zunia. A tarde começava a se tingir no que parecia ser uma noite antecipada.

Günter escoltou Breno, Alexandre e Américo para dentro da casa.

— Faça-me o favor! — Jamila Kayser estava indignada. — Posso saber o que está acontecendo?

Peter, sem seu tradicional paletó claro e sem seu chapéu-panamá branco, mandou os três sentarem sobre as mãos contra a parede.

— Oh, lógico, a senhora pode saber o que está acontecendo, sim. É bem simples. Eu estou rico.

Günter riu.

— Seu pai já havia comentado comigo sobre essa história de ouro enterrado em Porto Alegre — Peter prosseguiu. — O fato é que ele não acreditava. Eu preferia desconfiar, achar que talvez a lenda pudesse ser verdadeira.

— Conheceu meu pai?

— Sim, claro. Fomos vizinhos durante um tempo. Depois continuamos a nos encontrar de vez em quando. Quando ele ficou doente, tornou-se mais calado e passou a se negar a comentar qualquer coisa a respeito do possível tesouro. Isso me chamou muito a atenção. — Peter soltou uma risada comprida. — Foi quando decidi me tornar amigo de verdade de seu pai. Talvez eu não tenha sido muito discreto em minhas investidas e ele começou a me evitar. Claro, tratou de proteger o segredo, aguardando a sua chegada da Alemanha. Infelizmente, o câncer o matou antes que eu pudesse extrair dele a informação que eu precisava. Mas, de qualquer maneira, consegui chegar ao meu objetivo.

A mulher sacudiu-se na cadeira. As cordas estavam bem amarradas.

— O senhor é um cretino!

— Não, senhora Jamila. Eu sou rico.

— E criminoso — o advogado lembrou-o. — O senhor tem ideia da quantidade de crimes que está cometendo?

— Cala a boca! — E Günter chutou as pernas de Alexandre. — Não estamos interessados no seu papo furado.

— Exato — Peter concordou. — Amarre esses três — ordenou ao filho.

— Não é melhor a gente...? — E passou a mão pelo pescoço.

Peter hesitou. De súbito, sua idade se manifestou e seus joelhos tremeram com o peso do próprio corpo.

— É... pois é... acho que é o melhor mesmo — falou, sem muita convicção.

Günter, percebendo a indecisão do pai, ordenou aos gritos que os três levantassem.

— Vai fazer o quê? — a voz de Peter saiu tremida.

— Vou fazer o que tenho que fazer. Agora é comigo — revelou com frieza.

Saíram da casa para a tarde hostil. O vento prosseguia incansável. Desceram na direção do jardim frontal, Günter atrás dos três.

— Vai atirar em duas crianças? — o advogado perguntou.

— E em ti também — devolveu com raiva.

Alexandre manteve-se firme:

— Vocês já têm o ouro. Têm o meu carro para escapar. Vocês têm tudo.

— Na verdade temos coisas demais. Ainda temos testemunhas.

Nesse momento, Breno abaixou junto ao buraco feito na escavação.

— Levanta, guri! — Günter mandou, com impaciência.

— Olha! — Breno falou. — Tem mais umas barras ali.

Günter chegou na beira do buraco para espiar. Nesse momento, Breno jogou-lhe um punhado de terra nos olhos e o empurrou para dentro da cova.

— Corram! — Breno gritou.

Alexandre e Américo obedeceram, cada um saindo para um lado do Santana. Günter ergueu-se já atirando.

Os dois primeiros disparos atingiram a porta dianteira direita do carro.

A visão embaralhada pela terra não o deixou ver com clareza, mas percebeu um vulto branco correndo na direção da traseira do Santana. Era Alexandre. Atirou mais duas vezes. Uma das balas explodiu o vidro lateral e o vidro de trás. A outra zuniu um palmo acima da cabeça do advogado.

Günter passou a mão livre nos olhos e focalizou outro vulto rastejando para junto da frente do carro. Era Américo. Cego de raiva, acionou o gatilho mais uma vez. O projétil perfurou o pneu dianteiro. Apertou de novo o gatilho e outra bala pulverizou o farol.

Tudo durou aproximadamente dez segundos.

— Malditos! — rosnou.

Sacudiu a cabeça para livrar-se de vez da terra. Percebeu que Breno se aproximava. Segurava uma pá.

— Para, senão eu atiro — avisou.

Breno não parou. Disse:

— Posso ter rodado em matemática, mas eu sei contar.

Enraivecido, Günter cumpriu sua promessa e atirou três vezes.

Clic.

Clic.

Clic.

Olhou com espanto para o revólver.

— Pelo menos até seis eu sei contar — Breno confidenciou.

Günter olhou em pânico para o menino de cabeça raspada. Foi a última imagem que sua mente registrou antes do desmaio.

Breno acertou-lhe a pá com toda a força.

Jamila Kayser, Arachane, Américo e Breno observaram Peter e Günter serem levados algemados para dentro de uma viatura da Brigada Militar. Alexandre conversava com o sargento que atendia a ocorrência.

— Vocês foram muito corajosos! — Jamila declarou.

Nenhum dos três respondeu. Estavam encabulados.

— Foi um prazer ajudar — a loirinha conseguiu falar.

— E estamos prontos pra outra! — Breno acrescentou.

As risadas se misturaram com as rajadas de vento e foram levadas até as águas escuras do Guaíba por onde, há mais de 150 anos, uma arca cheia de ouro havia chegado, dando início à lenda do tesouro farroupilha.

FICHA DE DETETIVE

A LENDA DO TESOURO FARROUPILHA

ESTE CASO FOI...

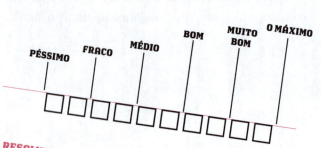

PÉSSIMO · FRACO · MÉDIO · BOM · MUITO BOM · O MÁXIMO

RESOLVIDO PELO 4º INTEGRANTE DOS CAÇA-MISTÉRIOS

_____
SEU NOME

Arachane
ARACHANE

Breno
BRENO

Américo
AMÉRICO

126

SOU O AUTOR

Eu, Luís Dill, o autor

Nome completo: Luís Augusto Campello Dill.

Idade: Sou do dia 4 de abril de 1965.

Uma qualidade: Sou do tipo persistente, não desisto fácil do que quero. Sou também uma pessoa simples e que, nem sempre, gosta do que todo mundo gosta.

Um defeito: Às vezes sou impaciente com as coisas e com as pessoas.

Meu passatempo favorito: Embora considere trabalho, a leitura é algo muito divertido. Gosto de exercícios físicos também.

Meu maior sonho: Era ser escritor. Como já me tornei escritor há algum tempo, meu maior sonho agora é poder viver só da literatura.

Um pouco da minha vida: Adoro viajar, fazer churrasco e tomar chimarrão. Sou fã de música clássica e de todo o tipo de leitura. Na primeira vez que me perguntaram o que eu queria ser quando crescer, respondi sem precisar pensar: escritor.

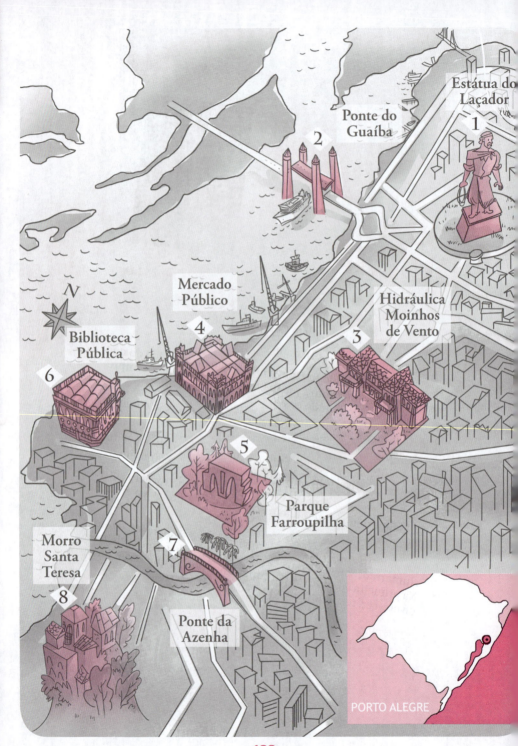

ENTÃO, GOSTOU DA HISTÓRIA QUE ACABOU DE LER ?

Quando encontraram uma carta no lixo do museu Júlio de Castilhos, Arachane, Breno e Américo não sabiam que estavam prestes a entrar em uma aventura emocionante e perigosa — cujo desfecho dependeria do conhecimento que eles tinham sobre a cultura gaúcha e sobre Porto Alegre. Nas próximas páginas, você vai saber mais e descobrir curiosidades sobre esses temas.

UM MOSAICO CULTURAL

Os fundadores de Porto Alegre, cidade cujo primeiro nome foi Porto de Viamão, vieram de Açores, território autônomo de Portugal, e chegaram à região em meados do século XVIII. A data oficial da fundação da cidade é 26 de março de 1772, mas o povoamento que deu origem a Porto Alegre é anterior a essa data. Os açorianos foram trazidos para se instalarem na região das Missões, que estava sendo entregue ao governo português em troca da vila de Colônia de Sacramento, nas margens do rio da Prata. A troca havia sido acordada através do Tratado de Madri, de 1750.

A padroeira de Porto Alegre é Nossa Senhora dos Navegantes, cujo aniversário se comemora no dia 2 de fevereiro. Será que, com esse nome, a santa foi responsável pela chegada dos muitos imigrantes na cidade desde a sua fundação? Brincadeiras à parte, mudanças políticas e econômicas ao redor do mundo, nas mais diversas épocas, trouxeram pessoas de todos os lugares para o Brasil; depois, para o Rio Grande do Sul; e, especificamente, para Porto Alegre. Açorianos, alemães, italianos, árabes, poloneses — sem esquecer a importante influência das culturas indígena e negra — deixaram marcas no povo gaúcho, que conta com cerca de vinte etnias em sua formação.

Na narrativa que você acabou de ler, os personagens demonstram a presença de outras culturas em seu cotidiano. A cultura alemã está presente na carta que o pai de Jamila lhe envia e no sobrenome de Breno: Wolffenbüttel. Já os nomes de Arachane e de seu irmãozinho, Ubirajara, mostram a permanência da cultura indígena.

Atualmente, as diversas formações culturais delineiam uma cidade, construída às margens do rio Guaíba, onde se podem sentir a pluralidade e a heterogeneidade étnica, cultural e social.

A IGREJA MATRIZ E O PALÁCIO DO GOVERNO EM PORTO ALEGRE, FOTOGRAFADOS EM 1852.

APROXIMADAMENTE 130 ANOS MAIS TARDE, PODEMOS ANALISAR AS MUDANÇAS QUE OCORRERAM NO LOCAL.

Porto Alegre na ponta do lápis

Porto Alegre tem cerca de 1.420.667 habitantes e o melhor índice de desenvolvimento humano (IDH) entre as cidades brasileiras com mais de quinhentos mil habitantes.

É a quinta cidade do Brasil mais visitada por turistas estrangeiros e ocupa um importante papel econômico no MERCOSUL: Porto Alegre é considerada o centro geográfico das principais rotas do Cone Sul, equidistante tanto de Buenos Aires e de Montevidéu como de São Paulo e do Rio de Janeiro.

No quesito escolaridade, 96,7% dos estudantes são alfabetizados.

Quanto ao abastecimento de água e esgotamento sanitário, a cidade tem 98% dos domicílios ligados à rede geral e apenas 0,6% conta com poços ou nascentes. Quanto ao lixo, 99,3% dos domicílios realizam a coleta.

Fontes: Relatório da Organização das Nações Unidas (ONU) e censo realizado pelo IBGE em 2007.

UMA CIDADE QUE RESPIRA HISTÓRIA

Cada esquina de Porto Alegre conta um pouco de sua história. Que tal saber mais sobre alguns dos pontos visitados por Arachane, Breno e Américo durante a aventura?

Um dos mais importantes símbolos da cidade é a estátua do Laçador, também conhecida como monumento do Laçador. Trata-se de uma estátua que representa o gaúcho pilchado (ou seja, em trajes típicos), inspirada em João Carlos D'Ávila Paixão Cortês e nos seus modos de se vestir. Folclorista, compositor, radialista e pesquisador da cultura gaúcha nascido em 1927, Paixão Cortês é considerado uma das figuras mais emblemáticas do Estado.

Outro monumento importante de Porto Alegre é a catedral Metropolitana, cujo nome oficial é paróquia Nossa Senhora Madre de Deus. Sua construção está intimamente ligada ao nascimento da cidade. O fato de não haver atendimento religioso para a pequena população de Porto de Viamão, por volta de 1753, levou o padre carmelita Faustino de Santo Antônio de Santo Alberto e Silva a oficiar na região. Com a saída de frei Faustino e a pedido de Marcelino de Figueiredo, bispo do Rio de Janeiro, dom Antônio do Desterro criou, em meados de 1770, uma nova paróquia: São Francisco do Porto dos Casais. Ela viria a ser a Igreja Matriz. A catedral, tal como é hoje, foi inaugurada em 7 de agosto de 1921.

O palácio Piratini, que fica ao lado da catedral Metropolitana, é a sede do governo do estado desde 1921 e foi tombado como parte do patrimônio histórico nacional em 2000. No Piratini ocorreram episódios marcantes da história brasileira. Por exemplo: no episódio conhecido como Campanha da Legalidade, em 1961, o então governador Leonel Brizola liderou de dentro do palácio o movimento pela posse do vice-presidente João Goulart após a renúncia do presidente Jânio Quadros. O Piratini transformou-se em uma espécie de *bunker* da resistência contra a tentativa de setores políticos e militares impedirem a posse de Jango.

VISTA DA USINA DO GASÔMETRO. ELA FOI INAUGURADA EM 1928, PROJETADA PARA GERAR ENERGIA ELÉTRICA À BASE DE CARVÃO MINERAL PARA A CIDADE.

Outro ponto marcante de Porto Alegre, a Usina do Gasômetro fica na região central da cidade. É ali que Breno, Arachane e Américo descobrem a segunda pista do mistério: a ponte Guaíba, construída na região da usina.

A hidráulica Moinhos de Vento também é um ponto histórico importante de Porto Alegre. Até meados dos anos 1920, sua principal função era pegar a água do rio Guaíba e distribuí-la para a população da cidade. Em 1927, a hidráulica foi reformada por uma empresa norte-americana, que fez dela um complexo arquitetônico inspirado nos jardins do palácio de Versalhes.

O Mercado Público, como descobre Breno, tem tudo o que se procura: especialmente produtos típicos dos pampas. Outro lugar de destaque é o parque Farroupilha. O espaço foi construído em 1807 e era chamado de Potreiro da Várzea ou Campos da Várzea do Potrão. Em 1935, ano da comemoração do centenário da Revolução Farroupilha, o parque assumiu seu nome atual, dado em homenagem aos combatentes da revolução. Atualmente, ele abriga cerca de 8.500 espécies vegetais.

A Biblioteca Pública do Estado do Rio Grande do Sul tem uma história antiga, que começa durante o reinado de dom Pedro II, no final do século XIX.

Em 1912, inicia-se a construção de um novo prédio para a biblioteca, entregue em 7 de setembro de 1922 como comemoração do centenário da Independência. Cada uma das salas do prédio apresenta um estilo arquitetônico diferente: rococó, egípcio, gótico, flamengo... Tal variação ilustra a evolução do homem, tal como pregava o positivista Augusto Comte, admirado na época.

FACHADA DO MUSEU JÚLIO DE CASTILHOS, PRINCIPAL CENÁRIO DO MISTÉRIO DO LIVRO.

O museu Júlio de Castilhos, onde começa o mistério deste livro, também tem lugar de destaque na cidade de Porto Alegre, por seu valioso acervo de obras artísticas. Sua sede é o antigo casarão da família de Júlio de Castilhos, importante jornalista e político gaúcho. Na época em que a família Castilhos morava por lá, tragédias aconteceram: o jornalista foi vítima de uma cirurgia para a retirada de um tumor, realizada em seu próprio quarto; e, dois anos depois, sua mulher se suicidou em um dos aposentos. Ainda hoje, funcionários e o público frequentador dizem que o casarão é mal-assombrado.

Como você pode perceber ao compartilhar a aventura de Arachane, Breno e Américo, Porto Alegre é uma cidade cheia de lugares interessantes, que guardam episódios marcantes da história brasileira.

UM ESTADO DE MÚLTIPLAS FACES

O Rio Grande do Sul é caracterizado por uma economia voltada especialmente para a pecuária. Entre os principais produtos do estado estão arroz, milho, mandioca, cana-de-açúcar, laranja e alho. Há também grandes reservas de carvão e calcário, bem como parques industriais dedicados à petroquímica, ao tabaco e aos calçados, além da indústria alimentícia e automobilística.

Um dos traços mais marcantes do Rio Grande do Sul talvez seja a mescla de diferentes culturas, como a alemã, a italiana, a negra, a indígena, a portuguesa e a asiática, e o povo que elas ajudaram a construir. Na região de serra do Estado, por exemplo, é comum ouvir brasileiros falando alemão e italiano em vez de português. Além disso, muitas lendas da região são famosas Brasil afora, tais como a do M'boitatá (a cobra de fogo) e a do Negrinho do Pastoreio.

Assim como a cidade de Porto Alegre, todo o Estado do Rio Grande do Sul apresenta alto índice de desenvolvimento humano (IDH), reflexo da menor mortalidade infantil do Brasil, das altas taxas de alfabetização e das boas condições de saneamento básico e saúde.

Luta pela independência

A Revolução Farroupilha, também chamada de Guerra dos Farrapos, foi o mais longo movimento de revolta civil brasileira. Eclodiu na província do Rio Grande do Sul e durou de 1835 a 1845. Foi promovida pelos estancieiros gaúchos. Os interesses econômicos dessa classe dominante estão entre as causas do movimento, que teve como principal objetivo a separação política do Brasil. A economia do Rio Grande do Sul era baseada na criação de gado e na produção do charque (carne-seca) para o mercado interno. Os estancieiros gaúchos reclamavam ao governo central do Império sobre a concorrência que sofriam do charque produzido pelo Uruguai e pela Argentina, comercializado nas províncias brasileiras com um preço bem mais baixo. A crescente insatisfação da classe dominante do Rio Grande do Sul estimulou a aproximação com as forças políticas agrupadas no Partido Exaltado, também chamado de Farroupilha. Esse grupo político defendia a autonomia administrativa das províncias, a instauração do sistema federalista e a substituição da monarquia pelo regime republicano.

Em setembro de 1835, o principal chefe do movimento de revolta, Bento Gonçalves, comandou tropas farroupilhas que dominaram Porto Alegre, a capital da província do Rio Grande do Sul. O governo central reagiu imediatamente, mas não conseguiu derrotar os rebeldes. A rebelião farroupilha expandiu-se e, em 1836, os rebeldes proclamaram a República de Piratini, também chamada de República Rio-Grandense. Em 1839, o movimento farroupilha foi ampliado. Forças rebeldes comandadas por Giuseppe Garibaldi e Davi Canabarro conquistaram Santa Catarina e proclamaram a República Juliana.

Em 1840, dom Pedro II assumiu o trono. Procurando estabilizar politicamente o regime monárquico, o imperador decidiu anistiar os revoltosos com o intuito de colocar um fim aos movimentos de revolta. Mas a rebelião farroupilha continuou. Apenas a partir de 1842 a revolta começou a ser contida pelas forças militares do governo central.

DETALHE DO QUADRO *CARGA DE CAVALARIA*, DE GUILHERME LITRAN.

© MUSEU JÚLIO DE CASTILHOS, PORTO ALEGRE

RESPOSTAS DOS ENIGMAS

P. 20: Na ilustração do capítulo aparecem Jamila Kayser, filha de Tobias, lendo a carta que iniciará a aventura de Arachane, Breno e Américo. O vilão, Peter, também está passeando pelo pátio, vigiando Jamila.

P. 29: Há um homem forte, com cerca de cinquenta anos, usando boné vermelho, bem em frente à catedral.

P. 43: Ele usou a câmera fotográfica do seu telefone celular.

P. 50: Sim, o homem de boné vermelho.

P. 115: Assim como no mapa de Breno, no seu mapa os pontos ligados devem originar uma coroa.

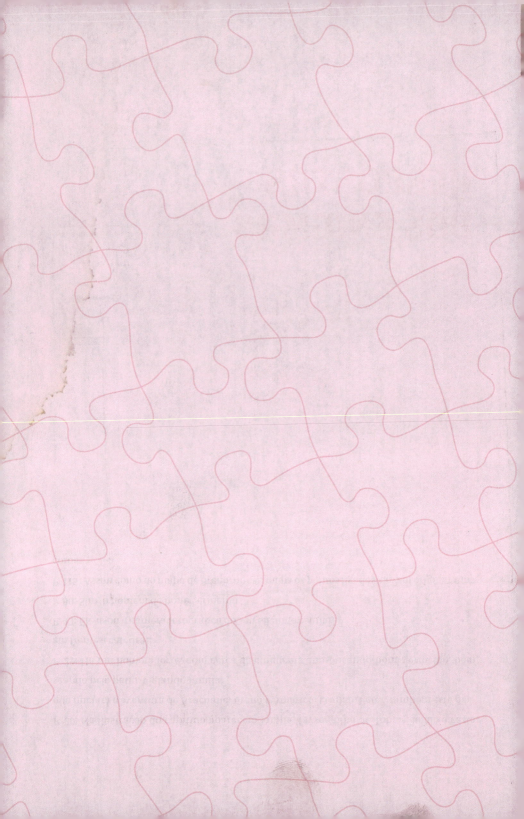